的导师。李运雨不仅门门功课优异，而且对国际国内的一些经
题常有独到见解，已具备了一个青年学者的成熟气质。
雨硕士要毕业了，余教授很希望他报考自己的博士研究生。
信他只要继续努力，将来的成就一定不会逊于自己。
生考试报名开始多日了，李运雨却仍没报名。
授把李运雨叫到了办公室，问他为什么一直还没报名？

头说，"我决定不考了……我老家在皖北一个菁通
里除了几亩地外，就靠父亲干瓦工挣点钱。这些年，
净的钱都让我上学花光了。两个月前，父亲干活时
梯上摔了下来，右腿落下了毛病，一瘸一拐的，
干重活了。上周，我回了趟老家，对父母说我想
。父母没说什么，却重重地叹了一口气。我要
突然又长叹了一口气，说，'你一直念书，
是个头啊，'那一瞬间，我难受极了。回来
我都在想这句话，决定不再继续念下去了，
作，让父母的生活能过得好一点儿！

感动，不禁想起了自己当年读硕士和博
雉和一辈子在乡下

雨窝开后，余
毅，忽然又觉
……

教授把李运
办公室。

坐，并

杯茶。

了一
狼

尔

WEI YUEDU
微阅读
1+1工程
1+1
GONG
CHENG
第一辑

方 向

U0654888

张殿权

百花洲文艺出版社
BAIHUAZHOU LITERATURE AND ART PRESS

图书在版编目(CIP)数据

方向／张殿权著.—南昌:百花洲文艺出版社,
2013.5(2020.6重印)

(微阅读1+1工程)

ISBN 978-7-5500-0643-0

Ⅰ.①方… Ⅱ.①张… Ⅲ.①小小说—小说集—中国
—当代 Ⅳ.①I247.8

中国版本图书馆CIP数据核字(2013)第099405号

方向

张殿权 著

组稿编辑:陈永林

责任编辑:赵 霞 朱 强

出 版:百花洲文艺出版社

发行单位:全国新华书店

印 刷:三河市人民印务有限公司

开 本:700mm×960mm 1/16

印 张:12

版 次:2013年8月第1版

印 次:2020年6月第4次印刷

字 数:119千字

书 号:ISBN 978-7-5500-0643-0

定 价:29.80元

赣版权登字:05-2013-238

网址:http://www.bhzwy.com

图书若有印装错误,影响阅读,可向承印厂联系调换。

前　言

以"极短的篇幅包容极大的思想"，才能够以小胜大，经过读者的阅读，碰撞出思想的火花，震撼人的心灵。正因为这样，微型小说成为一种充满了幽默智慧、充满了空灵巧妙的独特文体。

如果说在二十一世纪的头一个十年，是互联网大大改变了我们的生活，那么在我们正在经历的第二个十年里，手机将更为巨大地改变我们的生活。如今，以智能手机为平台，正在构成一个巨大的阅读平台。一种新的阅读方式正不知不觉地走进大众的生活。一个新的名词就此产生，它便是"微阅读"。微阅读，是一种借短消息、网络和短文体生存的阅读方式。微阅读是阅读领域的快餐，口袋书、手机报、微博，都代表微阅读。等车时，习惯拿出手机看新闻；走路时，喜欢戴上耳机"听"小说；陪人逛街，看电子书打发等待的时间。如果有这些行为，那说明你已在不知不觉中成为"微阅读"的忠实执行者了。让我们对微型小说前景充满信心和期待的是，微型小说在微阅读的浪潮中担当着极为重要的"源头活水"。

肩负着繁荣中国微型小说创作、促进这一文体进一步健康发展的责任和使命，微型小说选刊杂志社推出了"微阅读1+1工程"系列丛书。这套书由一百个当代中国微型小说作家的个人自选集组成，是微型小说选刊杂志社的一项以"打造文体，推出作家，奉献精品"为目的的微型小说重点工程。相信这套书的出版，对于促进微型小说文体的进一步推广和传播，对于激励微型小说作家的创作热情，对于微型小说这一文体与新媒体的进一步结合，将有着极为重要的作用和意义。

编者

2014 年 9 月

目　录

方　向

　　李运雨今年二十六岁了，是一名经济学硕士研究生。余教授四十三了，是李运雨的导师。李运雨不仅门门功课优异，而且对国际国内的一些经济热点问题常有独到见解，已具备了一个青年学者的成熟气质。

　　因此，李运雨硕士要毕业了，余教授很希望他报考自己的博士研究生。余教授相信他只要继续努力，将来的成就一定不会逊于自己。

　　然而，博士生考试报名开始多日了，李运雨却仍没报名。

　　这天，余教授把李运雨叫到了办公室，问他为什么一直还没报名？

　　李运雨低着头说："我决定不考了……我老家在皖北一个普通村子，家里除了几亩地外，就靠父亲干瓦工挣点钱。这些年，父母辛苦挣的钱都让我上学花光了。两个月前，父亲干活时又不慎从楼梯上摔了下来，右腿落下了毛病，一瘸一拐的，也没法再干重活了。上周，我回了趟老家，对父母说我想继续念博士。父母没说什么，却重重地叹了一口气。我要走时，母亲突然又长叹了一口气，说：'你一直念书，念到啥时候是个头啊？'那一瞬间，我难受极了。回来的一路上，我都在想这句话，决定不再继续念下去了，我要找个工作，让父母的生活能过得好一点儿！"

　　余教授十分感动，不禁想起了自己当年读硕士和博士时的艰难和一辈子在乡下的父母……

　　然而，李运雨离开后，余教授眉头一皱，忽然又觉得不放心他……

　　几天后，余教授把李运雨又喊到了办公室。

　　余教授让他坐，并给他倒了一杯茶。

　　余教授啜了一口茶，狠了狠心说："你的决定，不能改变了吗？"

　　"余老师，我上学上得确实太长了，从小学到现在快二十年了！我拖累了父母……"

"可你想过没有，这个博士学位是三年制，根据你的学习能力，你也许两年就能完成学业了。还有，三年后你博士毕业了，你的平台会更高、更大，你的发展空间将会以几何形式往上翻涨。熬过这两三年的时间，前面会是更加光明的坦途……"

余教授的话让李运雨心中又掀起了巨大的矛盾波澜来："可是……"

过了好一会儿，他才艰难地又说："余老师，那我、我再想想吧……"

又过了几天，李运雨主动来到了余教授的办公室，对余教授说他又想了想，决定考博士，用坚强熬过这几年！

余教授表情复杂地笑了下，说我知道了，你去吧。

李运雨出了办公室，余教授却突然像打了败仗一样，异常颓然地坐在了椅子上，目光呆滞……

此后的日子，余教授无论是上课还是在校园其他地方，每次见到李运雨都感到胸口异常憋闷……

不久，博士研究生考试开考了。

然而，余教授没想到的是，李运雨却没有参加考试！

余教授立即就给他打手机。李运雨正在阅览室看书，余教授叫他到办公室来。

李运雨见到余教授，第一句话就说："余老师，我对不起您！我辜负了您的期望……"

余教授问他缘由。

李运雨说："这些天，我总忘不掉母亲那句话：'你一直念书，念到啥时候是个头啊？'我也在想，我上了那么多年学，究竟是为了什么？生我者父母，养我者父母，父母年龄这么大了，辛劳了一辈子，我作为人子，可以分担家庭的重担了，可我却总想着念书，从没体谅过父母。我上学还有什么用？"

一瞬间，余教授的两眼汪满了泪水，说："李运雨，我内心其实一直渴盼着你做出这个选择啊！我'劝'你，实际是在考验你。我也是从贫困农村走出来的，我父母也曾像你父母一样，为了我上学倾其所有。我读博士的时候，父亲得了食道癌，每次回家看到他，我都感到揪心的痛。不久，父亲就去世了。当时，我很痛苦，但却没有意识到自己的问题。两年后，我博士快毕业时，母亲也忽然得重病撒手离我而去了。这时，我才忽然意识到：如果

我大学毕业或者硕士毕业后就去工作，父亲或许就不会得那种绝症，或许就能给父亲好一些的治疗条件，让他能活得更长一些，母亲或许也不会那么快离开……现在，每当想起父母，我都羞愧难当。我们读书是为了什么？是为了明理晓义！明理晓义，往大里说是为了社会的文明、进步，往小处说就是为了让自己、家人和他人更好地生活！"

李运雨怎么也没想到余教授还有这样一段和自己相似的故事，更没想到余教授"劝"他其实是考验他，他一时觉得有点尴尬。

余教授欣慰地又说："我之所以想考验你，是因为我担心你最初决定不考时，并没完全想通，将来会后悔，甚至内心会埋怨父母；考验你，还因为，只有你自己看清了面前所有的路，你选择现在去工作，将来才不会后悔。不过，我内心里也一直很矛盾：我这样考验你，是否合适？假如你在我的'劝说'下真的选择了考博，我该怎么办？是不是会让你重蹈我当年的覆辙？……现在，你给了我你的正确选择。我想，当不久后你看到父母因你的这个选择而受益时，你会明白人世间更多有价值的东西。"

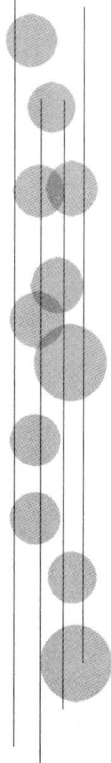

过　桥

"这学期的物理课老师，是客座教授金成！"听到这个消息，我们班的同学无不欢欣鼓舞，奔走相告。金教授可是我国著名的物理学家，能聆听他的讲课，是我们这些物理系学生朝思暮想的，更何况是一学期！

这天下午，第一节物理课铃声响了，同学们端坐在课堂，心情都十分激动。干练的金教授走进教室，同学们爆发出热烈的掌声，金教授颔首表示谢意，掌声停下来后，金教授说："正式上课前，我想给大家讲一个故事……"

大家都很奇怪。

金教授说："雷教授是一所著名大学的物理实验室主任，也是我国物理学界德高望重的老科学家。数年前，给这位老科学家当助手的是两位年轻博士：一位女生，二十六岁；一位男生，二十八岁。他们年龄相当，但他们不是恋人……"

大家不禁发出一阵善意的笑。

金教授继续讲下去："他们俩快要毕业时，正巧，国家有关部门给了他们学校一个公费去美国哈佛大学深造的机会，学成回国后即安排进入我国空间科技研究的最高机构工作。可以想见，对任何人来说这都是一个千载难逢、不容错过的机会。经过一番资格审查和甄选，这个人选将在雷教授的这两个助手中产生。实事求是地说，这个男生无论是发表的论文和取得的成绩，都要稍胜这个女生一些。因此，这个男生乐观地以为这个名额一定会是自己的。可是，半个月后名单公布，名额落在了这个女生身上。而雷教授也没有告诉这个男生究竟是什么原因。因而，这个男生非常气恼，很想去质问雷教授，但还是忍住了。毕业后，这个女生去了哈佛大学，雷教授要留这个男生在实验室工作，但这个男生没有答应，而是去了深圳一家高科技企业。几年过去了，那个女生学成归国，顺利地进入了我国空间科技研究的最高机

构，并为我国空间科技研究做出了突出贡献，成为无人可以替代的专家。后来，这个男生听说这个女生的父亲是另一所高校的校长，他便认定这个女生之所以能获得这个名额肯定是其父亲的关系，因而更加愤怒，几年下来在公司里也几乎是一事无成。——我想问大家的是，你们从这个故事里看出了什么？"

大家七嘴八舌说起来："腐败害了这个男生……""这是不公平竞争，这个女博士太可恶了……""这个男生太没骨气，为什么不去和这种行为作斗争？……"

大家的议论渐停下来后，金教授笑笑，说："大家似乎都没有考虑过这几个问题：在甄选之前，这个女生似乎比这个男生差一点，但这种差别又有多大呢？难道这个机会就一定该给这个男生而不该给这个女生吗？更重要的是，这个女生学成回国后，做出了突出贡献，成为了无人可以替代的专家。因此，我想告诉大家的是：有时候，你看起来比别人似乎差一些，其实未来的成绩未必就比别人差。"

有同学质疑说："如果这个名额给了这个男生呢？说不定，他取得的成绩会更大……"

金教授微微一笑，说："但他到了这家高科技企业为什么一事无成呢？单纯用郁闷来解释，是不够全面和合理的吧?"

大家觉得金教授说得有道理。

金教授又说："但这不是最后的结果。后来，雷教授受邀来深圳这家企业考察，主动找到了这个男生。雷教授告诉他，当初之所以选择这个女生，其实跟她父亲一点儿关系都没有，她父亲倒想让她毕业后回他们大学任教，这样可以一家人在一起，因为他们就她这一个女儿，不想老了没人照顾。而我们大多数人之所以选择让她去，是因为她还有可塑性，而你则已经形成了严谨的研究作风，更适合留校和我一起搞研究，以后你会有更多、更好的深造机会，可你却硬着头皮非要走！这个男生听了，恍然大悟，十分后悔。于是，他听从雷教授的建议又回到了雷教授的实验室，几年后便发现了'熔点定律'，也成了知名的物理学教授。"

我们大家这才忽然明白："金教授，原来这个男生是您呀！"

金教授说："是的。我现在和那个女生——不，是那位女教授，已经成了非常好的朋友！通过这个故事，我想告诉大家的是：一，人一生会遇到很多这样的事情，初一看会觉得非常不合理，无法让人理解、让人接受。但，真相未必如此。因此，我们要从多角度看问题，不要和自己赌气，要从积极的角度看自己，往好的方向去努力。二，有时候，你看起来比别人似乎差一些，但未来的成绩未必就比别人差。关键看你自己在困惑和艰难的时候——我将其称为人生的'过桥'，怎么去选择！记住这些，我想，对你们年轻人会很有用的！"

给　　力

　　"明天就是这个月的最后一天了，你明天把相关工作交接给你们组长赖源，领了工资，你就可以走了。"这是今天下午顾正亮回到办公室后，经理吴永成向他发出的最后一道"指示"。顾正亮的脸红一阵白一阵，但最后不得不回答道："那，好吧……"

　　顾正亮没有想到，自己离开大学校园进入这家隶属于一个大商场的家电批发公司刚半年，就被辞退了。他内心里五味杂陈。但是，他没有任何怨言。其他业务员每个月的销售额都在六十万元以上，可是半年过去了，他的月销售额仍没有突破三十万：虽然他工作很卖力，每个月的销售额都有进步——第一个月是八万、第二个月是十一万、第三个月是十五万、第四个月是十七万、第五个月是二十二万，第六个月是二十八万，但是他却一直远远地落在别人的后面！让他离开，他能说什么呢？

　　这一夜，他躺在床上辗转未眠，思索着"为什么半年内都没能赶上去"这个问题。直到天快亮了，他才得出一个结论：虽然他工作很卖力，注意听取客户意见和收集相关信息，工作之余，他看的最多的就是销售方面的书报，可是自己经验确实太缺乏了，因此销售难以很快上去。

　　但是，第二天早上，他依然吃饱饭，穿戴整齐，精神饱满地去公司。上午，他整理了相关票据以及客户信息资料，全部都交给了组长赖源。下午，他刚到办公室，会计就让他去领最后一个月的工资。他签完字领了工资，赖源说："你如果没其他事，就可以走了。"顾正亮问："你们发给我的是一整月的工资吗？"赖源说："你什么意思？——当然是啊。"顾正亮说："那么，今天还没到下班时间，我既然足额拿了公司这个月的工资，我应该到下班时间才能走。"赖源说："那好吧，你自便。"然后就离开了。

　　电话铃响了，顾正亮习惯性地要去接，这时会计已迅速跑过来接了。可

是很快，会计就把电话递给了顾正亮，说："找你的。"

顾正亮接了电话。是他的一个离城十多公里远的乡镇客户——一家电零售店的邱老板打来的，邱老板说，一台洗衣机刚卖出去，因质量问题消费者又拉了回来，他也觉得有问题，让顾正亮去看看。顾正亮本想说他已被辞退了，但想到还没到"下班时间"，他放下电话就去了。顾正亮到后发现，这台洗衣机根本没有问题，是顾客操作不当，他很快就把正确的操作方法教给了这位顾客和邱老板。这时已是晚上七点了，公司下班时间是六点，他超了一个小时。他想，自己对得起这份工作和公司给他的足额工资了！

随后，他用手机把这个情况报告给了赖源。赖源没有想到顾正亮会这么做，一时很感动，说："谢谢你啊！"

转眼，六年过去了。

这一年，国内一家著名家电制造公司在省城召开全省销售大会，吴永成应邀参加。顾正亮和吴永成在这个场合见面了。这时，吴永成仍是那家电批发公司的经理，而顾正亮则是这家著名家电制造公司省分公司的副总经理。

吃饭的时候，吴永成主动提起了六年前的事："你知道我当初为什么辞退你吗？"

顾正亮爽朗地笑了笑，说："因为我的业绩差啊……"

吴永成说："不是这个原因！是因为你是一个优秀的人，而且很年轻……"

顾正亮盯住了吴永成，听他往下说。

吴永成继续说："任何人刚参加工作时，都不大可能很快做出突出的成绩，因为经验很缺乏。但是，你是一个有强烈自尊心的人，每个月月底我批评你时，你都没有找任何借口，默默地接受了我的批评，之后你会在下个月更加努力地工作，这种自尊心是最宝贵的；同时，你工作中善于听取客户的意见，注意收集相关信息，工作之外你还努力学习营销知识，这表明你有强烈的进取心；对待公司和客户，你都很负责，你最后一天的工作就是最好的证明——你去乡镇给消费者排除问题的事赖源也告诉了我，这说明你是一个有高度责任感的人。一个有强烈自尊心、进取心和高度责任感的人，必然会有出息的。如果我留下你，我相信你的工作一定会越干越好……"

"那，你为什么还是辞了我呢？"

"正是因为你是一个应该有更大出息的人，我才辞退你的！你当时很年轻，年轻人有闯劲，我辞退你的目的，就是想让你在年轻的时候多接受一些人生历练，去更大的空间寻找梦想，这样对你的将来更有益处，才会取得更大的成绩！我们公司是一个地方性的小公司，如果你留在那里，时间一长，尤其是结了婚有了孩子以后，就不一定还有闯劲了，你的发展空间也许就很难有大的增长了……"

"那，你为什么没有离开，去更大的空间发展？"

"我刚参加工作时，是在一个小县城里。一个老领导对我说，我还年轻，应该去更大的地方发展。于是，我就到了市里，通过打拼，成了分公司的经理。后来，随着结婚生子、抚养孩子，年轻时的闯劲渐渐就被消磨掉了，就乐于按部就班的工作了……所以，你要吸取我的教训，在年龄还有优势时，鼓舞自己的斗志，向更高的目标去攀登。"

这时，顾正亮才明白当年吴永成对他的良苦用心。

又过了五年，顾正亮由于工作出色，被调到了公司总部，担任了总部营销公司的副总经理。但是，每年春节，他都会给吴永成打个电话，问候一声"新年好"。

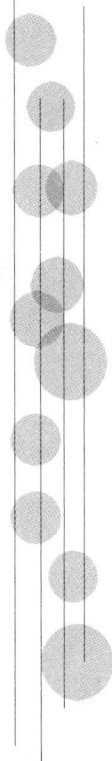

一场注定失败的足球赛

小组赛第三场结束时，谭华内心里的屈辱感难以言表。

这届全市中学生足球赛，谭华所在的二中队被分在了 A 组，A 组共有五个队，另四支队分别是五中、十中、十六中和三十中。小组循环赛，五中、十中、三十中的四场比赛都已结束，他们的战绩分别是两胜一平一负、三胜一负、两胜一平一负。现在，只剩下他们二中和十六中的最后一场比赛了，而他们目前的战绩则分别是三负、三胜！

很明显，十六中是这个小组实力最强的，二中则是实力最弱的。

这场比赛也将毫无悬念：二中将惨败给十六中！这不仅是外界的普遍看法，也是他们二中队所有人的共识，就连教练也跟着队员们摇头叹息，毫无斗志。

二中虽然是这个城市教学质量较好的一所中学，可是足球真是太烂了！如果两个月前父亲没有把他从九中转学过来，他现在一定是代表九中在比赛，现在也一定是风光无限呀——以前，他可是九中足球界的"风云人物"。这次足球赛，九中被分在 C 组，该组比赛已全部结束，九中以第二名的成绩昂首进入了第二轮比赛！

更让人"情何以堪"的是，到目前为止，他们队连一个球都没进，是真正的"光头"，甚至可能会成为这个足球赛有史以来最大的笑柄！可是，这是集体项目，他一个人又能怎么样呢？

这天，谭华和全体队员去参加最后一场比赛，坐在汽车里，接到了好友、九中队队员汪枢铭打来的电话。

"谭华，现在后悔转学去二中了吧？"

谭华看了看周围的队友，轻叹了一口气，说："糟透了！"

汪枢铭说："唉——"

谭华也"唉"了一声，挂了电话。

到了体育场，进了更衣室，谭华的手机又响了，还是汪枢铭打来的。

"到更衣室了?"

"是的。"

"现在什么感觉?"

"绝望。"

停了一会儿，汪枢铭说："忘记我们以前在赛场上相互鼓励的话了吗?"

"……"谭华一时如噎如堵。

汪枢铭又重复了一次刚才的问话。

谭华说："没用的，等待我们的还是失败……"

汪枢铭没再继续说下去，只说："我会在现场看你比赛。"

"看我的笑话?"谭华有些不满地嘟囔，烦恼地挂了电话。

这时，教练对大家说："大家不要当真，这就是一场游戏，学习成绩才是最重要的。"

大家都没有说什么，甚至还有个别人嬉皮笑脸地跟着附和。

这让谭华十分愤怒，他不禁冲教练反问道："你配当教练吗?"

这句话，让教练十分难堪，脸也红了起来，说："谭华，你、你怎么敢这么对我说话?"

"教练是给大家鼓气的，不是给大家泄气的!"谭华这么说，可是自己心里也早已经泄气了。

这时，其他队员把他拉开了。教练看看手表，该上场了，忍住没再说话。

进场时，谭华没想到碰到了汪枢铭，汪枢铭正坐在进场通道的一旁。汪枢铭对他说："谭华，我们曾经相互鼓励的那句话，你一定不能忘记：踢好每一球!"

谭华看了汪枢铭一眼，心想，踢个屁，你知道吗，连我们教练都放弃了!我再努力有屁用?

比赛开始了!十六中队果然是这个小组实力最强的队伍，十五分钟内就射进了两个球!二中队斗志全无。没过十分钟，十六中队又进了一球!全场观众呈现出一边倒的形势，都为十六中队毫不费力地进球欢呼鼓掌，对二中队则嗤之以鼻……

谭华的自尊被严重地伤害了。这时，汪枢铭跑到赛场边，冲正站在赛场

边缘的谭华喊："你太熊了，我看不起你！"

谭华张口想要辩解，但是汪枢铭说完，就往后面他的座位走去了。

谭华感到胸口异常憋闷……

比赛再次开始，谭华突然像猛虎一样开始发力了！他左奔右突，然而，却没有一个队友能够配合他，对方很快包围了他，拦截了他的进攻。很快，对方又进了两粒球。

但是，一直到终场哨吹响，谭华都像猛虎一样，在没有队友配合的情况下，给对方造成了几次进球威胁……

最后的比赛结果是：5 比 0。

谭华愤怒地叫喊着绕着体育场跑了一圈，在场的不少人都错愕地以为他神经出了问题。直到他跑完一圈，坐到地上哭起来，人们才知道他不是疯了，而是太伤心了。

这时，汪枢铭来到了他身边，伸出手把他拉了起来……

意外的是，一个星期后，谭华和汪枢铭一起被选进了本市少年足球队。

两年后，他们俩又被选进了本省一个在全国知名的足球俱乐部，并为俱乐部夺得全国冠军立下了汗马功劳。

很快，他们俩就被外国的一个俱乐部看中，并签订了转会协议……

临出国前，他们一起去当年选拔他们进市少年足球队的恩师家拜别。恩师请他们中午留下来吃饭。

席间，谭华和汪枢铭都感慨地说："这几年的经历真是太奇妙了，真的没有想到我们能有今天。"

然而，恩师却说："在我看来，你们俩能有今天，并不意外。人在做，天在看。不要以为所有的眼睛都盯着那些处于顺境和优势的人，处于逆境和劣势的人，一样有眼睛在盯着。如果处在顺境和优势，但不努力的话，你一样会被人看不上；如果处在逆境和劣势，但是你在努力，一样有很多机会在等你……"

顿了顿，恩师又说："我就是通过那场失败的比赛，看中谭华的！"

感恩图书馆

这是个小镇，只有一所小学。但这所小学的学生却并不少，有近两千人，其中不少是住校的"留守孩子"。

马景斌作为支教老师，从大上海来到这所学校，发现校图书馆的书不仅少，而且都很陈旧了。这，怎么能满足学生们——尤其是住校的留守孩子们的阅读需求呢？于是，他做的第一件事，就是建议校长补充图书馆里的书。

但是校长说："咱们这是贫困地区，我们老师的工资有时都不能按时发放，教具也不全，买书充实图书馆那就是更难的事了。"

马景斌想了想，说："既然这条路不行，那，我们可以利用社会力量来做这个工作呀。"

校长说："怎么利用？"

马景斌说："我们可以在镇上挨家挨户地去劝捐呀——"

校长想了想，说："你别说，这还真是个办法。"

于是，校长开了全体教职工大会，把这个任务布置了下去。

一个星期后，大家都来汇报自己完成任务的情况。很多老师都只交了十几或二十本书来，还抱怨地说："很多人不是说家里没书，就是不信任我们，情愿拿去卖废品也不捐……"

可是，谁都没有想到，马景斌一个人就劝捐到了五百多册书，其中不少还是近期的新书。大家都感到十分奇怪。

校长也很好奇，表扬了马景斌一番，让他介绍一下经验，让大家学习学习。

马景斌淡淡笑了笑，说："这也没什么。我只是把感恩之情，说到了明处……"

大家七嘴八舌议论起来，说："我们也都说了呀，我们说这是给学校图

书馆捐书，孩子们有了更多的书读，会很感激他们的……"

马景斌说："此外，你们还说了什么没有？"

其他人都面面相觑，说："这些还不够吗？"

马景斌说："当然，这样说也没有错。但是，我觉得，这些真的还不够……"

大家都睁大了眼睛，看着马景斌。

马景斌继续说："我还告诉我劝捐的每一个人，他们给我们捐的任何一本书，我们都会在书的封面上写上他的姓名和住址；如果他们能捐五十本书以上，我们还会设立以他名字命名的图书专柜。"

"这也没有什么稀奇的呀。"大家都不以为然地说。

"但是，这很重要！"马景斌说，"我们总是以为，人们做善事都是自觉自愿，不求回报的，也不应该求回报。但是，我们有没有想过，我们得到了别人的帮助，应不应该去感恩？……"

"那当然应该了！"大家齐声说。

"但是，感恩光在心里能行吗？这是不够的，我们还应该让帮助过我们的人感受到我们的感恩之情，因为只有这样，他们才会明确地感受到自己所做的善举是多么有意义、有价值，同时，这样也更能激发他们以后做善事的积极性和主动性。所以，我在劝捐时，向他们作了上述那些承诺。这样做，既是表达我们对他们的感恩，也会让他们感到很快慰。同时，也一样十分重要的是：我们的学生在借阅这些书时，看到上面捐书者的名字，都会留下深刻的印象，甚至终生都难以忘怀，那么，这也将无形中激发他们的爱心，在他们将来有能力时，会主动地为社会、为他人去做好事。这难道不是一举多得的好事情吗？"

大家一听，都觉得有道理，也都为自己没有想到这些而感到有些惭愧。

这些书补充到了图书馆，每一本书的封面也都写上了捐书者的姓名、住址，捐五十本书以上的也都设立了以捐书者名字命名的图书专柜。这件事传出去后，又有很多人陆续主动地来捐书，不少还是最新出版的书……

于是，校长将学校图书馆也改名为"感恩图书馆"。校长说："我们之所以改名字，是因为我们的感恩之情，不仅心里要有，还要表达出来，让更多的人感受到……"

制　　度

　　这里是这个城市刚开通不久的三环路，虽然来往的车辆在不同时段时多时少，但红绿灯、交通标志牌等设施却全都安装齐备了，绿化带也是一片葱茏，环境十分优美。

　　那时候，叶浩肃才六岁，刚上小学一年级。一个星期天，爸爸带他到郊外去看田野里生长的麦子等。在三环路的这个公交车站台下车后，要过了红绿灯往前再走一段路，才能到田间。

　　他们要过的这个路口正是红灯，但是由于来往车辆很少，其他行人和骑自行车、电瓶车和三轮车的人都慌慌张张地穿过马路到了对面。

　　叶浩肃拉着爸爸的手，也要跟着那些人跑过去。可是，爸爸却紧紧地攥住了他的手，说："不要着急……"

　　叶浩肃急急地说："人家都过去了，咱们也赶快呀！"

　　爸爸说："儿子，难道你没有看到现在是红灯吗？"

　　叶浩肃说："看到了呀。"

　　爸爸说："那，红灯停绿灯行你不知道吗？"

　　叶浩肃说："知道呀。"

　　爸爸说："那你为什么还要急急地过去呢？"

　　叶浩肃说："您看，别人都过去了呀。再说，现在也没有车呀。"

　　爸爸说："但是，我们难道就因此不遵守交通规则了吗？"

　　叶浩肃这才明白爸爸的意思，低下头说："爸爸，我知道自己错了。"

　　等到绿灯亮的时候，叶浩肃和爸爸才不慌不忙地过了马路。

　　叶浩肃上五年级的时候，是十一岁。这一年的一个星期天，他和爸爸、妈妈一起在文峰公园里玩。他们在菱湖划过船后上了岸，要去文峰塔下的回廊休息一会儿。

从岸边码头到文峰塔下，中间是一大片绿地，只在左右两边有两条石板路相通。但是，很多人为了方便，在这两条路中间踩出了一条弯弯曲曲的"小径"，显得十分扎眼。

叶浩肃先跑到前面去了，要走这条便捷的"小径"。这时，爸爸大声喊住了他："浩肃，不要从中间那条小径走！"

叶浩肃站住，十分不解地说："为什么？"

爸爸和妈妈紧赶几步过来，爸爸说："那是绿地，是不应当破坏的，因此我们不能从那里走！"

叶浩肃仍然不解地说："可是，现在那里已经被人踩得没有青草了呀，咱们没有破坏呀。"

爸爸说："但是，那的确不是真正的路，我们不能因为别人犯错也跟着犯错。咱们不能管住别人的时候，就应当独善其身。"

叶浩肃问："什么叫独善其身？"

妈妈说："就是面对种种不对的事情，我们管不了别人时，应该管住自己不犯错。"

"噢。"叶浩肃明白了。

于是，一家三口从右边那条石板路，去文峰塔下的回廊。

叶浩肃上初三的时候，已经是十六岁的大孩子了。这时候，他的爸爸已经是局里一个二级机构的负责人了，有了专车。

这天早晨，因为前一天晚上学习熬夜时间太长了，妈妈没有忍心准时叫醒叶浩肃。叶浩肃匆匆忙忙吃完饭一看时间，骑自行车去上课肯定会迟到！正好，这时爸爸要坐专车去上班。

妈妈就对爸爸说："你都配专车一年多了，我们娘俩可从来没坐过一次，今天情况特殊，就让儿子坐你的车，你送他到学校吧。不然，要迟到了。"

可是，爸爸却说："这是单位里配给我工作用的，你们不是我们单位的职工，是无权使用的。还是让孩子打的去吧。"

妈妈气得撅起了嘴，要和爸爸吵。叶浩肃拦住了妈妈，赌气说："有什么了不起？思想僵化的老头！不坐就不坐！"

爸爸知道自己这样做，在一般人看来确实是有些过于认真了，但他不愿意破坏自己给自己制定的这个制度。他掏出五十块钱，说："儿子，爸爸对不起你和妈妈，但爸爸没有办法，你还是打的去吧。"

　　叶浩肃心里十分不满，没有接他的钱，背上书包就出了门。妈妈忙赶出来，从兜里掏出五十块钱塞给他。叶浩肃招了一辆出租车，坐进去，去学校了。

　　三年后，叶浩肃上高三了，学习更加紧张。

　　突然有一天，爸爸下班回来告诉他和妈妈："我们局长和两个副局长、几个科长都被反贪局的人带走了，据说涉案金额很大……"

　　妈妈和叶浩肃吓了一大跳，妈妈忙问："你没有牵扯进去吧？"

　　爸爸平淡地说："我当然没事。制定制度，是要大家共同遵守的，否则，要制度干吗？遵守制度的人不是制度的奴隶，不遵守制度的人才最终会沦为制度的奴隶。"

　　后来，他们局长、两个副局长还有几个科长都被判刑了，最少的也判了五年。而叶浩肃的爸爸却没有任何问题，升任了局长。

　　这时，叶浩肃才明白，爸爸不是一个僵化的人，而是一个真正聪明的人，他知道什么是对的什么是不对的。

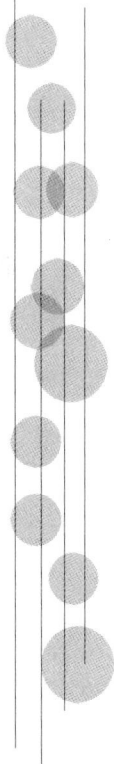

接受批评是需要学习的

傍晚近七时，新川市委宣传部副部长李爱家正要下班，突然接到了卫开打来的电话，不禁大吃一惊：他是怎么这么快知道这件事的?!

郊区长兴镇李老村一个私人烟花爆竹作坊突然发生爆炸，是在早上七点多，当场炸死三人、炸伤五人，其中一名是儿童。得到消息后，市、区两级领导立即组织公安、安监、卫生等部门人员赶到现场进行抢救、调查等工作。市委宣传部立即召集市及省驻地新闻单位，要求不发稿、不议论，更不能将消息传给外地——尤其是京城——的媒体。各单位负责人均表态无条件服从。可是《京城特报》记者卫开还是很快就得到消息，并在十多个小时后赶到了!

李爱家挂上电话，忙向佟部长及书记、市长汇报。市领导指示做好接待和说服工作，决不能发稿，同时了解是否还有其他媒体记者也来了或知道了消息。让李爱家负责接待，不仅因为他分管新闻工作，更因为他和卫开是大学时关系最好的同学。

李爱家到了卫开住的宾馆，得知暂时没有其他媒体记者知道此事，心才放下来。晚宴时，佟部长亲自出面陪同，席间婉转地请卫开不要发稿，但卫开始终笑而言它。趁上厕所时，佟部长要求李爱家："他是你老同学，书记市长已经说了：坚决不能发稿。我手机二十四小时开机，等你的好消息!""光荣而伟大的"任务，沉重地落到了李爱家身上。

饭后，两人进到房间，李爱家就开诚布公要求卫开"给一个薄面"。

卫开说："如果不发稿，我回报社怎么交差?"

李爱家很不舒服："这些年来，负面报道给我们新川市经济发展带来了多大的困难，你不是不知道。最倒霉的是谁? 还是当地老百姓!"

"难道就因此不能报道吗?"卫开反问。

"这些年来，你们对新川市都报道了些什么呢？全民集资建机场、十八里沟环境污染'熏'死人、前市委书记和市长贪污受贿、假奶粉事件、淮河洪灾……你们是一炒再炒，把新川炒成了闻名全国的'负面典型'，新川也成了你们新闻界的'新闻富矿'，几乎每一个记者都认为来新川走一趟就能找到'轰动新闻'。你们，为什么如此不负责任？"

"你敢拍着胸脯说，这一切不是事实吗？"

"是事实。可这些问题，在全国哪个地方不存在？并且，这些问题你们大都故意夸大甚至扭曲了！比如用行政命令方式全民集资建机场，全国少吗；经济发达地区环境污染，比经济发展依然滞后的新川更严重；前市委书记和市长贪污受贿，其他地方少吗，上海陈良宇问题不也暴露了吗；淮河洪灾，是为了保护下游工矿城市，我们是在做牺牲和奉献；假奶粉全是经济发达地区不法厂家生产的，新川是受害地区！……然而，在你们的'宣传'中，新川市成了一个贫困、落后、愚昧、腐败的代名词！你们为什么不敢到经济发达的地区去曝光？！你们的矛头为什么总指向我们这个需要鼓励、帮助、发展和正面宣传的落后地区？！"

"但发生这些问题，你们是有责任的！"

"就算你说得对，但你们为什么只报道负面而不报道正面的？我们相关补救工作，你们为什么不报道？我们外出那么多农民工，为国家和发达地区经济发展做出了那么大的贡献，你们为什么不报道？卫开，你别忘了，你也是本省人，维护本省的良好形象，你是有责任的！"

"正因为我是本省人，我才感到痛心！这些问题，如果不能像割疮一样及时割去，很可能会出现更多更坏的问题。虽然我们有些新闻报道为了追求轰动效应，故意夸大、扭曲了真相，给你们带来了一些不应有的负面影响，但基本事实是改变不了的！你们，要学会接受新闻舆论监督和批评。"

"别跟我扯大道理。我只问你，能不能不发稿？"

"即使我不发稿，能保证明天其他媒体得到消息后不来采访吗？"

李爱家异常气恼，不想再谈下去了，愤怒地甩门而去。

已是深夜近零点了，司机坐在车里还在等他，问他去哪？他说去医院。二十分钟后到了医院，他下了车，突然惊讶地看见卫开从后面的一辆出租车里也下来了。

卫开走过来，说："抱歉，我从北京赶到新川便先悄悄来医院进行了暗访，然后才给你打的电话。我没想到遇到了你母亲，更没有想到你在外打工的妹妹的孩子也在这次爆炸中受了伤，你母亲在看护他……"

李爱家忽然头低下去，眼泪掉了出来。

卫开紧握住李爱家的手，说："我们都是有良心的人，也都是敬业的人。但我还是要告诉你：包括你在内，那些仍然不习惯于被批评的官员们，虽然舆论监督有时显得刻薄，甚至夸大、扭曲了事实真相，但你们早晚都要补上舆论监督这一课。否则，下一次出问题，受害的可能还包括你自己！"说完，卫开的泪奔涌而出……

用　人

　　孟建国由某局的科长升任另一个局的副局长，同时兼任下属一个二级机构的一把手，因此，他的主要工作就是负责这个二级机构的各项工作。

　　上任后不久，根据工作需要，他开始动人。其中，他拟将滕征提拔为监测科科长。领导班子成员开会研究时，其他班子成员都不同意提拔滕征，说："孟局长，你才来我们单位，对滕征可能还不太了解。这个人精神有点儿不正常，经常给领导提意见。这样的人如果提拔起来，会惹乱子的。前几任领导，都是不用他的。"

　　此前，孟建国对滕征已经作了全面了解，这些情况他也听说过。他笑了笑，说："但据我所知，他提的意见，大多都是对的。由于没有听他的正确意见，后来，一些事情弄得很糟糕，有的还遭致不少群众的怨言。他爱提意见，说明了什么？说明他对工作十分负责，勤于思考。这样的人不但不应该受到歧视，还应当受到重用。"

　　孟建国这么一说，大家都不好再说什么，就都勉强同意了。

　　滕征成为监测科科长后，对工作更加认真，能不断发现问题，并积极思考解决办法，不少多年没解决的事情很快都迎刃而解了。

　　三年后，由于孟建国工作出色，被调任报社担任社长兼总编辑。上任后不久，根据工作需要，他又开始动人。这一次，他拟将已三十多岁但一直没有任何职务的记者谭成提拔为副刊部主任。

　　对此，班子其他成员都表示了异议。他们说："孟局长，谭成的确有才，新闻稿写得不错，还获过一些奖。但要注意的是，他还是一个作家——"

　　孟建国说："我知道，他在全省乃至全国都是有一定知名度的作家。也正因为如此，我认为，他担任副刊部主任是十分合适的。"

　　"但是，"其他人提醒说，"就是因为他有一定知名度，才更应该慎重。

前两届领导都没有提拔重用他，为什么？因为把他提拔到中层来，他知道报社的事情就会更多，如果他把我们报社的人和事都写进作品里，抖露出去，这不是什么好事！"

孟建国说："怎么不是好事？"

其他人说："很明显呀！文学作品歌功颂德的没人看，有人看的都是揭露问题和讽刺的，谭成的很多作品讽刺性就非常强。这样的人如果提拔到中层来，是很危险的！"

孟建国喝了一口茶，说："我不这么看。我认为，如果真是这样，反倒是好事。这样，就时常有一双眼睛盯着我们，我们为人做事就会更加谨慎、规范，不会胡来。这难道不好吗？"

其他人一听，觉得这样看问题似乎也有一定道理，便都勉强同意了。

谭成上任后，报纸副刊一扫原来死气沉沉的面貌，变得生动活泼了，既有生活趣味，又有相当的思想深度，受到了广大读者的好评。就连市委书记有时也会忍不住看看上面的文章，还给予了很高评价。

又过了三年，孟建国受到重用，调任新北县担任县委书记。他上任一段时间后，根据工作需要，又进行人事调整。其中，他拟将现任政研室副主任林不凡调任县委办公室主任。其他县领导都表示反对，说："县委办公室是一个承上启下的部门，作为办公室主任，必须善于处理各方面的关系，这样才能更好地协调工作。可是，林不凡就像他的名字一样，是一个自命不凡的人，高傲得像个企鹅一样，总认为自己水平高，当个副县长也没有任何问题。这样的人，怎么能担此重任呢？"

孟建国对林不凡的情况，也已提前作了深入而详细的了解。他说："有些高傲，的确是林不凡的一个明显缺点，但并不像大家说的那么严重。他是名牌大学研究生毕业，视野十分开阔，我看过他写的不少研究我县工业如何发展、农业产业化如何快速推进等方面的文章，写的非常有见地。同时，他对一些看他不顺眼的人的确有些傲气，但对其他大部分同志尤其是普通群众，却是非常和气的。我认为，他干这个办公室主任，是合适的，也是能够胜任的。"

最终表决，林不凡以一票的优势过关，被任命为县委办公室主任。

林不凡上任前，孟建国和他谈了一个多小时的话，对其缺点进行告诫，对其优点予以肯定，希望他大刀阔斧地把工作干好。上任后，林不凡果然不

负众望，改掉了缺点，发挥出优点，协助孟建国将该县落后的工业面貌很快改善，并加快了农业产业化步伐，全县生产总值每年都以近百分之二十的速度递增。

五年后，孟建国顺利当选为该市副市长。很多和他一起参加工作的人，都还在科级、副县级位置上呆着，对他都是十分羡慕。

在一次同学聚会上，其中一个老同学悄悄问他："也没听说你有多么硬的后台呀，你怎么就'上位'那么快呢？赶快跟哥们说说，也让哥们进步快一点呀！"

孟建国笑了笑，说："并不是我有三头六臂，比你们能干！关键是，我把有能力的人用到了正确的岗位上去，让他们有了充分发挥自己才能的平台。他们把事情做好了，取得了大的成绩和进步，表面上看，这是我成就了他们，但其实，他们也成就了我呀，因为正是由于他们和我一起努力做事，才使得我的能力得以更大程度地发挥，也才能不断取得令人刮目相看的成绩和进步呀……"

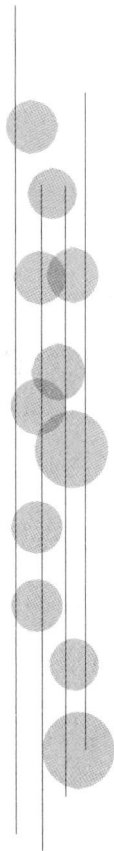

胜利者

董事长要在全集团公司招聘一名特别助理。经过层层考试等环节，最后十人进入了最后的由董事长亲自主持的辩论环节。

董事长说："这个世界上，什么事都会发生。前几天我就碰到了一件怪事，我亲眼看见一只公鸡下了一枚蛋。——这就是我给大家出的题目，对此，你们怎么看？"

从 1 号开始，大家被要求挨个发表自己的意见。

1 号站起来，回答说："既然这是董事长亲眼所见，那肯定是真的了。我相信这是真的。因为，现在科技非常发达，公鸡下蛋也不是没有可能。"随后，他还旁征博引，说现代科技能让男人怀孩子，那么，让公鸡下蛋也不是什么难事。

董事长听完，笑着点了点头。

2 号则质疑说："公鸡下蛋，怎么可能呢？"随后，他运用自己的丰富知识，对"公鸡下蛋论"进行了十分钟左右的驳斥，论据充分，让人十分信服。

董事长听完，又笑着点了点头。

3 号说："我觉得，公鸡下蛋不太可信。董事长是不是看错了？我们是大企业，做任何事都应该实事求是，应该在调查清楚后才能下结论。否则，一旦做出错误决策，会产生很大负面影响。"

听完 3 号的说法，董事长同样笑着点了点头。

……

轮到最后一位——10 号时，10 号站起来，向董事长鞠了一躬，什么都没说，就往外走。

董事长忙叫住他，问："你怎么没有答题就走了？"

　　这时，10号已经走到门口了。他转回头来，说："董事长先生，您觉得这个问题有必要长篇大论地讨论、辨析吗?"

　　董事长饶有兴趣地说："那你说说你的理由——"

　　10号说："您说您亲眼看见了一只公鸡下蛋，就像您说您昨天去了火星今天又回来了一样，从科技上来看似乎不是不可能，但从实际上来看，这种说法非常荒谬! 对于如此荒谬的话题，我为什么要浪费时间和精力去辩论?"

　　董事长没有笑，冷着脸说："好吧，你的时间很宝贵，你可以走了!"

　　第二天，集团公司行政部公布最终的胜选人。出乎了很多人的预料，居然是10号!

　　面对很多人的不解，董事长说："也许今后公鸡可以下蛋，但现在公鸡是不会下蛋的，会下蛋的都是母鸡。这是一个显而易见的常识问题。可是，辩论会上，很多应聘者却都对这个问题进行了十分认真的辩论。岂不知这是在浪费时间，根本不可能取得任何有意义、有价值的结果? 那么，为什么还要为此浪费时间和精力? 我们要把时间和精力用到真正有意义、有价值的事情上去。10选手对此不愿作答，其实就是最好的回答。"

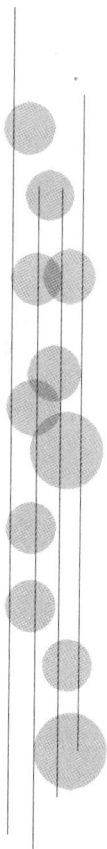

掌　　舵

思考了半年，敬星宇终于做出了决定：明年元旦后，正式卸任总经理一职，只担任集团党委书记和董事长。

敬星宇是全国知名的富裕村——敬楼村的书记兼村主任。改革开放后，在他的带领下，敬楼村大力发展工业，工业总产值已达几十亿的规模。敬楼村一直坚持集体经营体制，因此，村两委和集团公司的管理机构是两块牌子、一个班子。这意味着，他卸任总经理，同时也要辞去村主任职务。

第二天一早，他就把常务副总辛凯叫到了办公室，告诉了他自己的决定。

辛凯很吃惊："您才六十二，精力依然旺盛，怎么——？"

敬星宇说："我年纪大了，脑子也没你们的好使了；再说，你和童光也都四十出头了，已经能代替我了，我该把位置腾出来给你们了！"

辛凯小心地问："董事长，有句话，不知当不当问？"

"但说无妨。"

"您认为，谁最适合接替您的总经理一职呢？"

"当然是你和副总童光了。你们俩是我们村第一批大学生，毕业后都回到了村里，跟着我干了快二十年；你们俩各有特点，你工作大胆、说干就干、谈判能力很强，而童光性格稳重、考虑问题周到、善于处理各种棘手问题……"

"但，总经理只能有一个呀……"

"说实话，你们两个我都很看重……因此，我也很难决断。我知道，你肯定希望我选择你，而童光也一定希望我支持他。那，假如你是我，该怎么办呢？因此，我决定，我不指定谁当总经理，我希望让我们的股东——也就是我们的村民通过投票重新选举村主任，来决定谁接替总经理职务。"

辛凯心里一喜：他是常务副总经理，又分管销售等工作，为村里的发展作出了突出贡献，不少下属也都很服气他，他的希望比童光要大。

辛凯走后，敬星宇把童光叫了过来，同样把他的想法说了出来，问："你觉得怎么样？"

童光平静地说："我同意。"

敬星宇说："辛凯能力很强，不少中层干部支持他，你有信心吗？"

童光笑了笑，说："我会尽力的。无论是谁最终得到村民的认可，我都乐于接受。"

敬星宇拍了拍童光的肩膀，说："你有你的优势，把你的优势发挥出来，我相信，村民会给你一个中肯的评价的。"

很快，这个消息就传遍了全村和全集团公司。

辛凯开始利用各种场合和机会，滔滔不绝地对全体村民宣传自己的宏伟发展计划，不少村民听到激动处都鼓起掌来。而童光呢，仍和以前一样，挨家挨户去叙话，不谈自己的打算，只问大家家中有什么需要解决的问题以及对公司现存问题、未来发展有什么看法，边听边记。

一直和辛凯走得很近的集团办公室主任对辛凯说了童光的情况，辛凯不屑地笑说："他像个女人一样，大家怎么会投票给他？"

而和童光关系很好的公司办公室副主任则忧心忡忡地对童光说了很多辛凯的"大动作"，说："童总，你也得提点儿让大伙儿心潮澎湃的构想来呀！"

童光则淡淡一笑，说："他有他的作风，我有我的性格，互相勉强不来。"

不久就到了投票日。投票前，辛凯和童光都发表了演说。辛凯的演说依然和以前一样，让不少人都激情澎湃。而经过和广大村民沟通后，童光的宏伟构想横空出世，赢得了更多的掌声。最终，百分之六十的人选择了童光，童光赢得了胜利。

辛凯很不服气，来到敬星宇办公室提出辞职，说上海有一家大企业要请他去当总经理。

敬星宇叹了口气，说："辛凯呀，我为什么不指定谁来接班呢？我想给你们俩一个公平竞争的机会，也给大家一个民主的选择，这比我指定要好……"

辛凯气愤地说："可是，最终的结果是什么？是'劣币驱逐了良币'……"

敬星宇拍了拍辛凯的肩膀，说："坐下来。"又亲自给他倒了一杯茶，"你想知道，你没有赢过童光的原因吗？"

"什么原因？"

敬星宇啜了一口茶，说："可以这样说，童光赢了你，并不代表他就比你的能力强……"

辛凯睁大了眼睛，等待敬星宇说下去。

敬星宇说："你其实没有败给他。只是有一点你没有想到，大伙之所以选择他，真正的原因在于，总经理是把握全盘的掌舵人，掌舵人不仅要有自己的思想、思路，更需要善于倾听大家的意见，均衡地把握、处理相关事务。而这，正是你所欠缺的，而童光则很清醒地意识到了……"

辛凯还是有些不明白。

敬星宇又啜了一口茶，说："如果用一句话来说的话，那就是：善于听取别人的意见，本身就是一种很大的本事！"

这时，辛凯才猛然醒悟。

四年后，敬星宇彻底退休，童光担任了村党委书记和集团公司董事长，辛凯担任了村主任和集团公司总经理。两人在工作上相互配合，企业发展蒸蒸日上……

救　人

这已是林正和妻子第 N 次到售楼部来了。

他们从这个楼盘第一期开盘就来，如今第三期已经卖完，第四期也即将开盘了，他们还是没有下定决心买房子。他们没有下定决心买，不仅是因为国家正在严厉调控房地产市场，他们期待房价能下调，更重要的是，他们即便是买最小的户型，首付款也一直都没能凑够。可是这是一个三线城市，虽然房价半年来都没有明显上涨，但也毫无下调的迹象。

不仅售楼部所有的售楼小姐都熟识了他们，连漂亮、干练的售楼部女经理过鲜旻也熟识他们了。后来过鲜旻就吩咐说，他们再来，都不要再搭理他们，除非他们是来付定金的。

因而，他这次和妻子一起来，所有售楼小姐都把他们当空气一样，没有一个人搭理他们。

然而，林正和妻子看了楼盘模型好久，也没有要走的意思。这时，过鲜旻就走了过来，厌恶地说："你们来过无数次了，到底买不买呀？"

林正说："我们想买，可是，钱……你们能不能给我们优惠点儿？"

过鲜旻不屑地看了他一眼，说："喊，你是谁啊？没钱买就赶紧走，不要整天来磨蹭，耽误我们售楼！"

林正和妻子一听，就很生气，说："你怎么能这么说话呢？"

过鲜旻横眉冷对说："你让我对你好好说话也可以啊，你付定金呐！"

林正和妻子看她这么不讲理，只好离开了。走出售楼部，妻子长叹了一声，说："儿子眼看到了结婚年龄，女方家也逼得紧，怎么办呢？"

林正说："唉，就差一万块钱了，再想想办法吧。"

这天晚上吃了饭，夫妻俩为了散心，就出了家门，到了中清河边散步。快十点时，河边几乎没有人了，夫妻俩才慢慢往回走。走到一片偏僻的小树

林附近，突然听到树林里传来一个女人极度恐惧的声音："你们再不放手，我就喊人了……"这时，又听到两个男人狞笑的声音："你喊呀，这时候了，看看有没有人来？"

妻子浑身一凛，说："有女人遇到坏人了！"

两个人壮了壮胆子，就往声音传来的地方走过去，走到里面，果然看到两个男人在纠缠一个女子。林正大喊一声："你们想干什么？"

那两个男人看到只有林正和妻子两个人，就松了一口气，晃着手里的刀，恶狠狠地说："哥们儿，不要多管闲事！她欠我们的钱，我们让她还钱而已！"

那个女人大声说："他们说谎，他们是流氓，他们抢劫我，还要……非礼我……"

林正和妻子听这声音，觉得很熟悉。借着河边照明灯微弱的光，他们看到这个女人竟然是售楼部的经理过鲜旻！林正突然感到一种恶气似乎从心中正冲出来……

林正拉了一下妻子的手，说："既然是欠债还钱的事，咱们就没必要管了，走！"

"大哥——"过鲜旻嚎啕大哭说，"他们是坏人，你救救我，我知道你是好人——"

这时，妻子抓住了林正的手，说："这事，咱不能不管，咱不管的话，咱还有良心吗？"

林正听妻子这么一说，脸突然又热又红，觉得自己真的差一点儿犯了一个大错！于是，他义正言辞地对那两个坏人说："你们不要胡来，聪明的话，就赶紧走人！"

那两个坏人放开过鲜旻，拿着刀便冲林正走了过来……

那两个坏人将林正捅了几刀后，就要逃跑。但由于妻子报警及时，警察很快就赶到，将这两个坏人逮住了。

林正被送进了医院，好在伤势不重，没过多久就出了院。住院期间，过鲜旻来过两次，送了一些礼物，表示感谢。同时，医疗费也都由公安机关督促坏人的家人全部支付了。随后，市见义勇为基金会还奖励了他们五千块钱。

出院后不久，林正和妻子又来到了售楼部。过鲜旻比以前对他们客气多了，请他们坐，又给他们倒茶。

林正和妻子刘过鲜旻说："过经理，我们现在首付只差五千块钱了，你看能不能给我们预定一套？过一段时间，我们再将剩余的五千块钱付给你们。"

"这个嘛，"提到钱，过鲜旻有些结巴了，"按照规定，这是不行的。"

妻子说："可是，过经理，我们曾经帮过你……你是不是能给我们通融通融？钱，我们一定会尽快付完的。"

"可是，我们有规定啊……"过鲜旻为难地说。

妻子生气了，说："过经理，不就五千块钱吗？难道，你还信不过我们吗？那天晚上，如果不是我们救你，你可能就被强奸了呀……"

听到这话，过鲜旻突然来气了，说："你胡说什么？谁差点儿被强奸了？"

妻子这才意识到自己说得有点儿多了，便说："对不起，我不是这个意思……"

"那你是什么意思？"过鲜旻一副得理不饶人的样子说，"告诉你们，你们救过我，我很感谢你们。但是你们住院时，我也带着礼物去看望过你们两次。也就是说，我不欠你们什么，你们不要把自己看得太了不起了！再说了，市见义勇为基金会也奖励给了你们五千块钱，你们得到了应该得到的东西，你们不能得寸进尺，欲壑难填！"

"你这是什么话？……"林正和妻子感到十分气愤，好像救她救错了似的。

"什么话？实话而已！"

林正和妻子气得不想再搭理她，就起身走了。

出了大门，妻子恼火地说："她的良心真是让狗给吃了！我们当初真不该救她……"

"不，"林正摇了摇头，说，"这种人，我们救不了她的良心，但是我们还是该救她这个人，谁让我们当时碰见了呢？就像你当时说的：这事，咱不能不管，咱不管的话，咱还有良心吗？"

妻子听着，忽然眼眶就湿了……

八点半还是九点半

开会时间已到，会议室里坐满了人，但新上任的女局长——章局长还没到，大家都笑谈着各自感兴趣的话题。

因为最近市里对各局领导班子调动得厉害，这个局暂时只有毕副局长一个副局长。主席台上的毕副局长看了看手表，摆手把办公室褚主任叫过来，让他去看看章局长怎么还没来。

褚主任来到章局长办公室门口，敲了敲门。章局长说请进。褚主任推开门，看到章局长正在接待一个人，欲言又止。章局长问，有事吗？我正在接待一个贵客……褚主任一听，知道不便打搅，就说没事没事。

褚主任回到会场，对毕副局长说，章局长正在接待一个"贵客"。毕副局长问，你有没有提醒章局长开会时间到了？褚主任说，她接待的是一个"贵客"，我就没说。但是，她应该知道这个点开会，昨天我跟她说了八点半开会，当时小李秘书也在。于是，毕副局长清了清嗓子，拿起话筒说，同志们，静一静。这次全体人员大会本来是定在八点半开的，但由于临时来了一个重要客人，她要接待一下，请大家耐心等一会儿，她谈完事后就来开会。

大家都没有发表意见，又纷纷和旁边的人谈论起感兴趣的话题来。

又过了二十分钟，毕副局长又看了看表，站起来，想亲自去章局长办公室看看，一想又觉得不妥，便又把褚主任喊过来，让他再去看看，必要的话提醒章局长一下。

褚主任又去敲章局长的门，章局长和那位客人仍在热烈地谈着话。章局长问他是不是有什么事。褚主任张口欲言，但还是忍住了，说没事。章局长说，这样，马上谈完话，我喊你过来。——哎对了，昨天不是说九点半开全体人员大会吗？如果你的事不急，开完会我再找你谈吧。褚主任说，是是，是要开会……章局长问，毕局长在吧，你跟他说一声，开会别忘了！褚主任

说，好。章局长说，那你先去吧。

褚主任回到会场，对毕副局长说，章局长还在谈话。毕副局长有些不高兴，说这都九点多了……没办法，毕副局长只好又和大家说章局长有重要接待，请大家稍安勿躁。章局长是新官上任，又是从外县副县长位上调来的，都还摸不清她的脾气，没人敢发牢骚，继续和旁边的人天南海北地扯起来。

九点二十五分，章局长拿着笔记本走来，走到会议室门口，看到人都到齐了，很是惊讶，笑说，都来了啊。

毕副局长有些不高兴地说，大家都来一个小时了，都在等你！

章局长一愣：不是说九点半开会吗？

毕副局长说，不对啊，大家接到的通知，可都是八点半。

章局长看了一眼坐在前排的褚主任，问，褚主任，你通知我的不是九点半吗？

褚主任慌忙站起来，说，我通知您的……是、是九点半，我当时可能脑子开小差说错了。

章局长不高兴地说，那你刚才去了我办公室两趟，为什么不提醒我？

褚主任呜呜噜噜说不出话。

章局长看了下表，说，同志们，对不起大家啊！我以为是九点半才开会，所以来迟了，我向大家道歉！同时，按照规定，罚款我一百元！

随后，会议正式开始。

会后，章局长把褚主任叫到办公室，问他昨天通知自己今天开会的时间到底是几点。褚主任心里清楚地记得他当时说的确实是八点半，但当了几年办公室主任，他知道这个责任自己得担下来，于是检讨说，局长，我当时口误，说的是九点半，都是我的错，请您处罚我吧。章局长看他这么"爽快"地就承担了责任，也不好再说什么，就让他出去了。

但是，章局长忽然隐约想起昨天褚主任来汇报这件事说到时间时，她忽然想起了其他一件事，一时走神，好像是自己记错了。于是，她把秘书小李叫到了办公室，问褚主任昨天通知她开会的时间是九点半还是八点半。小李忐忑不安地问，刚才，褚主任……怎么说的？章局长说，你还跟我玩心眼？小李忙说，不敢不敢……章局长说，那你说实话！小李就胆战心惊地说，我当时听他说，是八点半。章局长叹了一口气，让小李出去了……

第二天，章局长宣布，褚主任不再担任办公室主任职务，平调到一个二

级机构去任职。这个决定一经宣布，即引来喧然大哗，觉得这个新来的女局长真是没有人味，其实大家谁不知道是你局长记错了时间？人家褚主任好心替你把责任担下来，你不但不领情，还这样对人家，这是什么世道？以后，谁还敢维护你？怎么维护你？……

一个和毕副局长关系好的人，悄悄溜到毕副局长办公室，关上门，问究竟是怎么回事。毕副局长说，起初，我也很不理解章局长为什么要撤换他，也为褚主任据理力争。但是，章局长几句话就把我的嘴给封上了……

这个人就问，哪几句话？这么厉害！

毕副局长说，她说，一，明明是她记错了时间，褚主任为什么要毫无原则地跟她说是他说错了？二，八点半后，他去了两次她的办公室，为什么都不提醒她？她又说，你们认为他这样是顾全大局、顾全领导面子、十分委屈，但她认为褚主任这样做十分不负责任！我们要的是真正负责任的人，也只有真正负责的人，才能真正把工作干好！

这个人叹口气，摇摇头，走了……

成功其实很简单

　　大学毕业生潘大成报考公务员。文化成绩揭晓后，他是第一名。录取名额是三人，入围面试的仅五人，他高兴地想：自己是十拿九稳了！然而，面试成绩下来后，潘大成成了最后一名。后来听说录取的全部是干部子女，他异常气愤，发誓将来一定要成功，要出人头地。

　　但怎么才能成功呢？他突然想起曾听人说，离此分别一千五百公里、一千公里、八百公里、五百公里的西山、北山、东山和南山，均住着一个成功学大师。他打起精神，决定先去最远的西山求教。

　　住在西山的成功学大师是一个一百五十岁的老头，鹤发童颜，笑着说：世界上哪有什么成功秘诀啊？不过就是"勤奋"二字。千百年来人们都这样说，潘大成想这确是真理，于是高高兴兴地回去，干起了卖肉生意。潘大成每天凌晨三点就起床去定点屠宰厂进肉，中午十二点才卖完。可是一个月下来，算算账，不但没赚钱，还赔了点。半年后依然如此。旁边一个同行这时才告诉他，屠宰厂给我们的肉本就不够秤，像你这样给谁都够秤，当然赚不到钱了！他这才恍然大悟，恨恨地想，那个老头真是骗人呐！光靠勤奋是不能成功的！可他又不愿干缺斤短两的事，于是决定去北山求教。

　　住在北山的成功学大师一百岁了。他说：勤奋固然重要，但还需要多动脑筋。做任何事情都要有巧方法。潘大成一听，醍醐灌顶，也满意地回去了。他干起了装修，勤于思考，常有不少感觉良好的创意。可是包工头却说，客户要什么我们就给什么，不要画蛇添足！潘大成很不舒服，心想，按部就班什么时候才能出人头地啊？这天，给一个"草包大款"装修时，包工头不在，他忍不住在一面墙上画了一幅荷花图。恰巧这时房主来了，勃然大怒，把他骂走了。

　　潘大成感到十分苦恼，又去八百公里外的东山求教。这位八十岁的成功

学大师告诉他：任何时代想成功，都要有广泛的人脉关系，很多成功人士起初也没有多少人脉关系，但他们用金钱、美女等很快便创造性地建立起来了。潘大成想起自己考公务员的事，一下子就明白了。

潘大成打算在一所大学门口开一家书店，他带着礼物来到一个重要领导的办公室。可没想到，这位领导正在接待"反腐倡廉检查组"。这位领导立即指着潘大成责问，你又来干什么？你的申请不符合条件，我们是绝不会批准的。潘大成蒙了，说我是第一次来呀！这位领导说，你还狡辩！正好检查组……潘大成立即就撒腿跑了。

回到家，潘大成沮丧极了，觉得成功太难，活着真没有意思呀！但又不甘心，决定去五百公里外的南山求教。他想，如果再不能成功，他就真不活了。

南山的成功学大师是一个实际年龄五十岁的女人，但看上去很年轻，三十岁的样子。这位成功学大师对他说的第一句话就是"汝之不惠也！"他十分生气，说你凭什么说我笨？这位成功学大师笑了，说你能听懂我刚才的话？他说我是大学中文系毕业，怎么会听不懂？成功学大师说，你要成功了！成功需要勤奋、多动脑筋、人脉关系，但更需要机遇。如今，"吃古人饭"最火，你古文功底这么好，没有不成功的道理！他说，我哪有多高深的学问？成功学大师笑说，其实很简单，你不需要高深的学问，只要能读懂那些古文，然后结合《读者》等流行读物的观点，乱发一通感慨就行了！他说，但《论语》、《红楼梦》等等几乎都被人霸占、解读完了呀？成功学大师说，这有何难？还有很多资源可以利用嘛，人家解读《红楼梦》你就解读《金瓶梅》，人家解读孔子、老子你就解读秦始皇、溥仪甚至愚子、傻子也行啊。

潘大成大喜，回到家，从图书馆借来布满灰尘的古书，开始闭门写作。不久，《潘大成＜愚子＞心得》等系列书成稿，各大出版社闻之，坐火箭前来签订出版合同。一年后，潘大成成为社会知名人士，身家过千万。社会上掀起"潘大成热"，无论是教授还是贩夫走卒皆以读潘大成的书为荣。

那个"草包大款"也买了一本潘大成的书，虽然读不明白，但却常常感叹当年不该把潘大成画的壁画粉刷掉，不然也可以向人炫耀了，说不定也价值不菲……

月亮湖的传说

　　干部调整，正县级单位龙潭虎穴风景区管委会三十六岁的副主任庄胜，因"思想解放、敢想敢干、能创造性地开展工作"，被提拔为利合县代县长，不久"代"字便去掉了。虽然利合县是全市最穷的县，但他依然十分高兴，因为他一下子成了全市最年轻的正县级官员，是"一方诸侯"啊，前途就更不用说了。

　　正当他冥思苦想寻找工作突破口时，一个机会悄然而至。这天，这个全市最穷县的最穷乡的王乡长，拿着一个装得鼓鼓的信封来了，说他在那个"鬼都不愿意待的"地方已经待了三年，想调回县城或其他条件好一些的乡镇。庄县长火冒三丈，把信封扔到了地上。王乡长只得拾起来，灰溜溜地走了。这时，庄县长却突然眼睛一亮，立即又把王乡长叫了回来，和颜悦色地说：你不是想调走吗？我要叫你一辈子都不愿意离开这里。王乡长吓了一跳，面红耳赤地说：庄乡长，我知道错了还不行吗？你让我在那地方待一辈子，那活着还有啥意思？庄县长忙说：你误会了，我是说，你们乡为什么那么穷？不就是因为靠近清水河，地势低洼，一到夏季就水来成泽、水退为荒吗？你们那个面积几千亩的月亮湖，不也因此成为荒湖，没人敢进去吗？但实际上，这是一个难得的旅游资源，你懂不懂？王乡长看着庄县长，一头雾水。庄县长又说：你就不明白吗，我们周围几百公里的这个大平原地区，旅游资源匮乏，除了我们这，都没有如此大的湖，你懂不懂？这是个聚宝盆啊。王乡长好像明白了点，小心地问：这行吗？庄县长说：我以前可是龙潭虎穴风景区管委会的副主任，我能不懂吗？

　　很快，庄县长主抓，月亮湖风景区规划方案出来了。当地农民出义务工，又通过银行贷款，一年半后一座巧妙将原始生态的树木、花草、园林、水景融为一体，既有江南之秀美又有北方之大气的月亮湖风景区建成了。新闻报

道和广告宣传并重，开园当天数万人前来赏景游玩，赞不绝口。

然而，一年过去，游客并没有增加，反而有所减少，银行贷款的压力日益增大。部分老百姓也开始发出怨言。王乡长急了，不得不去找庄县长。日理万机的庄县长抽完一支烟，说：去北京找一家知名的咨询策划公司来把把脉。

三个月后，用五十万聘请的北京开玩笑咨询策划公司首席策划师将一份仅有八页内容的策划方案拿了出来。分析结论是：风景区整体形象存在一个严重问题，即缺乏历史文化内涵，为此最后两页对"景区整体形象宣传文稿"进行了颠覆性的重写。王乡长大吃一惊，这就值五十万?! 然而，让王乡长更吃惊的是后面的这篇文稿。这篇文稿是这样写的："月亮湖风景区历史悠久。据县志记载，相传，这里是'九龙传珠'的地方，至今还有老龙头、青龙尾、白龙腰、九龙传珠滩等古地名可寻。明朝开国皇帝朱元璋小时候曾流落至此，以讨饭为生。及至年长，刘伯温在此与他相遇，见朱元璋虽容貌奇陋，却谈吐不凡，颇有帝王之相，又闻知该地有'九龙传珠'之说，遂与之纵论乱世之中英雄四起，邀朱元璋共襄义举。朱元璋双目炯光，昂头向天望去，忽然天空出现九龙，齐拜朱元璋为天子。于是，朱元璋与刘伯温拜为兄弟，揭竿而起。多年后，朱元璋当了皇帝，仍对此地念念不忘，下旨敕建'九龙寺'，有庙殿三进，佛像百余尊。万历二年，一清风之夜，寺庙周围佛光忽现，清脆梵音不绝于耳，甚是神奇，当地百姓遂捐资扩建为六进庙殿，佛像千尊，香火更加繁盛。"

王乡长在此主政近六年，从没听到过当地有此传说，而县志上也从没有过这些记载。王乡长气愤地想：这不是胡扯瞎编骗人吗?!

王乡长忙又去找庄县长。庄县长也正在看这份策划方案，不住地击节叫好，说：五十万花得值啊！王乡长小心翼翼地问：庄县长，这有啥好的？"九龙传珠"和"九龙寺"根本就是杜撰的嘛，哪有的事？庄县长看着王乡长，叹了口气，说：王乡长啊王乡长，你的脑子是真不行了吗？思想怎么这么僵化？现代人都很"刁"啊，旅游区不仅要有好风景，还要有历史文化内涵，缺一不可啊。"九龙寺"的创意更是非常好，因为现代人有钱了，礼佛游也是热点啊。景区风景美，有文化内涵，又有庙，钞票要往我们这儿源源不断地进了！王乡长又疑惑地问：但是县志里根本没有这些记载啊！庄县长说：先让有关部门编一本乡土教材，把这个故事和"九龙寺"都放进入。重

修的县志初稿不也快出来了吗，也放进去！王乡长又问：那，咱们景区里没有老龙头、青龙尾、白龙腰、九龙传珠滩这些古地名啊，更没有"九龙寺"啊！庄县长大手一挥，说：建！新建一座与策划方案中规模相当的"九龙寺"，把景区里的一些地方根据需要重新整理，分别命名为老龙头、青龙尾、白龙腰、九龙传珠滩。这就叫创造性地开展工作你懂不懂？我们要学会用历史文化来做文章！

半年后，六进庙殿、佛像千尊的"九龙寺"和老龙头等古地名出现在了景区内，其"悠久的历史文化"也印在了门票上和当地中小学乡土教材、新县志里。月亮湖名声大振，游客成倍增长。一年半后，月亮湖成为国家AAAA级风景区，庄县长成为副市长候选人。

兼任月亮湖风景区管委会主任的王乡长看到景区里节假日人流如织，非节假日游客也是络绎不绝，经营"农家乐"的农民乐得合不拢嘴，非常高兴；可是，每次路过乡中学和小学，听到教室里传出关于"九龙传珠"和"九龙寺"的朗朗读书声，他内心都感到惶恐，久久难安。

有时候，王乡长想：这些杜撰出来的东西，写进了县志和乡土教材，中小学生都在学习，百年后还会有人知道这是杜撰出来的吗？

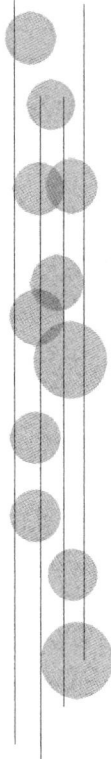

抹　白

　　窑坡乡地处两省三县交界，地理偏僻，交通不便，因而也较穷。然而这几年，这个乡最偏僻的高程行政村小程庄村民组（自然村），生活却一年比一年好。这不，除了程黑蛋家，都盖起了一层二层的平房和楼房，而且外墙统一用白瓷砖包起来，太阳一照，白白亮亮的，煞是好看。

　　程黑蛋打小长得就黑，父亲很早就病故了，他和母亲相依为命。如今，他三十出头了，因为穷，一直都没能娶上媳妇，仍住在两间土坯房里。看着他们一家过得十分凄惶，村里很多人都不舒服，觉得心中不安。于是，大家商议决定，共同出钱给他家盖两间平房，也用白瓷砖包外墙。

　　这天，村民组长、会计一起来到黑蛋家，把来意说了出来。可没料到，黑蛋和他娘都不接受，说："这不行不行，不是俺自己盖的房子，俺住不安生。"

　　村民组长说："你家也姓程，也是咱小程庄的人哩。大家的生活都好了起来，看着你们还生活在水深火热中，心里都不落忍啊。这是大家的一片心意，你们就不要推辞了。"

　　会计说："是呀，这都是大伙的一片心意，社会主义社会互相帮助也是应该的！"

　　可是，无论他俩怎么说，黑蛋和他娘死活都不答应。

　　出了黑蛋家，村民组长就气呼呼地说："这样的人，真没见过！平白无故给他好处，他都不要！"

　　会计说："是呀，真没见过这么贱的人！"

　　村民组长和会计回去后，和大家说了去的情形。大家都焦急起来：凭什么咱们住白瓷砖包墙的房子，他们就不住！这不行，太不协调了！村民组长说："那，大家说说咋办？"

有人就建议说："城里不是有强制拆迁吗？咱们就给他来个强制盖房！"

村民组长和会计对看了一眼，说："这，行吗？"

那人说："咋不行？城里强制拆迁是坏事，被拆的人都没处说理去；咱们是做好事，他们能不默认吗？"

于是，村民组长和会计又去黑蛋家。可是，黑蛋和他娘还是不同意。

村民组长和会计就说："这是大家的想法，不同意，我们就强行给你家盖房子。给你三天时间，好好再考虑考虑！"说完就走了。

黑蛋和他妈都很苦恼，黑蛋娘说："黑蛋，咱就同意了吧？盖上房，你也能娶个媳妇，这是咱家盼望的呀！"

黑蛋却哭着说："清白比房子和媳妇重要啊！"

"那，咱咋办呐？"

"娘，明天我带你打工去。咱不在家，锁上门，他们说不定就罢手了。"

第二天天未亮，黑蛋和他娘就背上行李，锁上门，出去打工了。

半年后，黑蛋和他娘回来收麦。没想到，他家那两间土坯房已经被两间包着白瓷砖的平房代替了！黑蛋和他娘立即就抱头痛哭起来："俺要俺的土房子，不要这白瓷砖平房……咋能这样对俺呢？……"

这时，村民组长和会计又来了，拿出一串钥匙递给黑蛋，说："这是你们新家的钥匙。我就不明白，你们为啥有好日子不过，偏要过穷日子?!"

可是，黑蛋和他娘谁都没有去接钥匙。村民组长和会计把钥匙往地上一摔，就气呼呼地走了。

第一夜，黑蛋和他娘没敢开新房的门，就睡在了屋外。

第二天一早，天刚亮，很多村人都来劝他娘俩："你看你娘俩，咋就想不开呢？放着好好的新房不住，就睡在外面，也不怕生病了。"说着，拿起钥匙打开房锁，硬把黑蛋娘俩往屋里推去……

几天后，麦子收完了。一天晚上，乡派出所快退休的所长老张和小杨悄悄来到了黑蛋家，问："听说村里各家各户都捐款给你家盖房子，你却不要，为啥？"

黑蛋和他娘十分害怕，想说出心里的苦恼，又不敢，说："没啥……俺就是觉得不是俺自己挣的，俺不敢要……"

又几天后，一个晚上，村里突然来了很多警察，抓走了四十多人！

原来，该乡很多村庄都穷，耕牛是很多家庭的主要财产，然而却屡屡被

盗，派出所干警到处遭白眼。通过调查走访，老张发现，小程庄人没人经商，青壮劳力外出打工的也很少，可是全庄却都是楼房！又听说全村人捐款给黑蛋娘俩盖房，他们却不敢住。老张起了疑心，于是顺藤摸瓜，一举侦破了该村有四十余人参与盗牛的多起案件，并在村西两座废窑里追缴被盗耕牛十多条！

小程庄几乎每家都有人涉案，而唯独黑蛋和他娘没事。他们在村里的日子就更难过了：村里人见了他们，都没有好脸色："呸——"；每天早晨一起来，门口不是被人泼了屎尿，就是烧了一大堆冥纸……

黑蛋娘俩的日子没法过了，这天一早又背上行李，要出门去打工。

走了一个多小时，到乡里时天已大亮了。往城里去的车还没来，他俩站在路口等。这时，开着警车的小杨看见了他们，对车里的所长老张说："张所长，那不是黑蛋和他娘吗？他们好像是去打工……"

老张叹了口气，说："他们村人要把他们也'抹白'，没抹成呀，就待不下去了……"

小杨一下子没听明白："抹白？"

"在他们村，有道德感的人是受歧视的，就像社会上回避'好人'一样。因为黑蛋娘俩的存在，他们感到心慌、不好意思，所以就想尽办法，要把他娘俩'抹白'成跟他们一样；'抹白'不成，大家就'抹黑'他娘俩，这样大家才会心安呀……"

奇怪的趣味

这是这个知名大都市历史上最引人瞩目的一次文学评比活动，胜出的唯一一部作品不仅将获得数百万奖金，还将被作为标杆作品载入当地志史。

按照规定程序，经过半年层层遴选，最终两部作品进入决赛，一部是美女陆悯的《草戒》，一部是帅哥张殿权的《看不清》。民调显示，呼声最高的是陆悯的《草戒》！各路记者纷纷前去采访她，让她预测最终谁会胜出。她都微笑答道，肯定是张殿权的《看不清》！各路记者都很疑惑，问她为什么这么认为？她笑而不再答。

半个月后，组委会召开新闻发布会，宣布最终结果：专家评委10人，占总分的70％，即每人占总分的7％；读者评委20人，占总分的30％，即每人占总分的1.5％。专家评委8人将票投给了张殿权，2人将票投给了陆悯，读者评委18人将票投给了陆悯，2人将票投给了张殿权，张殿权得59分，陆悯得41分，张殿权胜出！

这时，各路记者想起此前陆悯接受采访时说的话，纷纷质疑其中有"黑幕"。陆悯微笑说，她确实不了解！张殿权赌咒说，绝对没有！

各路记者又责问组委会负责人。组委会负责人咳了咳嗓子说，绝对没有！两人的作品都很好，但大部分专家评委最后之所以将票投给张殿权，是因为他作品中时刻体现着"鸡屎意识"，作品中散发着迷离、阴郁、充满魅力的"鸡屎"气息，而这是陆悯作品中所没有的！

台下大哗："'鸡屎意识'？这是什么趣味?! 真是岂有此理?!"纷纷气恼地离席而去。

组委会负责人急了，说："你们懂不懂？文学没有'鸡屎意识'怎么能成为大作品，怎么能流芳百世？……"

年度人物

　　我在股市最红火的时候，辞职去炒股，没想到刚进去，股市就大跌，亏得没了抽烟的钱，连吃饭的钱都没了！每天在股市，见了同样亏损巨大的股友，都要互相问：下一步该怎么办？

　　这天，我无意中碰到了小时候的邻居张木，如今他已是一名著名策划师。他说："我正在策划一个大型活动——全省年度人物评选，正缺人手，你文字功底不错，来给我打下手。半年后活动结束，我保证你能剩六万在手里！"

　　我不禁怦然心动："怎么说？"

　　"这个活动，是我们策划公司和挂靠在省人事厅的省名人研究中心及省里的其他单位一起搞的，主要评选经济界和文化界的全省年度人物……"

　　"这不是社会公益活动吗？怎么挣钱？"

　　"什么公益活动？这是生意！"

　　"嗯？"我不明白。

　　"首先，我们找冠名、赞助单位，可以获得一笔钱；其次，对当选人物收费……"

　　"收费他们还参加？"

　　"他们乐意着呢：我们评选一百名全省年度新闻人物、一百名杰出贡献人物，除预留二十名给名人外——如我省籍的著名运动员张殿权、著名演员王冰冰、著名导演马小刚等，其余一百八十人每人收一万元，名义上是购书款，将他们的事迹编辑成书，一本成本二十元，我们定价二百元！他们都有钱，但就是缺荣誉称号。他们能和张殿权、王冰冰、马小刚等一起获得此荣誉，并邀请省领导、在省大会堂举行颁奖典礼，这多容光！再说了，普通受众谁懂这？都会认为他们确实了不起！一万元就买到这种荣誉和宣传效果，太值了!"

"那,如果那些运动员、演员、导演不来领奖怎么办?"

"他们也是人,不花钱就又多了项荣誉,他们怎么会不要?再说了,即便他们不来,我们照样把荣誉授给他们!"

我恍然大悟。

年底,评选活动获得了圆满成功。张木一边数钱,一边把六万元人民币给我,说:"太挣钱了!明年,我们还要继续搞这项活动!"

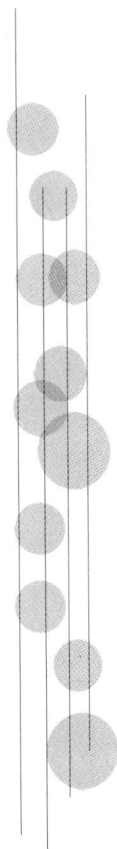

雨　　伞

　　魏小凯是一个生活和工作都认真的人，有一套自己的做人做事准则，相信"凡事预则立，不预则废"、不打无准备的仗。其中最明显的一个表现就是，只要天气预报说"明天有雨"或"阴转小雨"，他出门就都会带上一把伞，即便是天气预报只说"明天阴天"但如果第二天早上天色异常阴沉，他也会毫不犹豫地带上伞。因此，下雨天他从没淋过雨。

　　在外人面前，他不说这些。但在他内心里，却常常很佩服自己有前瞻性和预见性。也正因为他有这种严谨的、滴水不漏的做事原则，让他大学毕业刚参加工作，就博得的了领导的肯定、赏识，两年后就被任命为一个部门的副主任。没多久，他调任一个二级单位的副负责人。虽然是平级调动，但很多人都认为实际上是一种提升，因为这个二级单位人员多、有独立的财权，而且传说这个二级单位的一把手很快要调出，空缺将由魏小凯来接任。上任前领导和他谈话，也对他做了这种暗示，并叮嘱他："一定要搞好团结，注意人缘问题。"魏小凯十分高兴，表示："一定处理好人际关系，不辜负领导的信任。"

　　魏小凯到任后，仍坚持着原有的严谨、滴水不漏的作风，努力团结同志。虽然这个新单位也有一些人倚老卖老，但多数人还是很快接纳了他。同时，他阴天下雨即带雨伞的习惯也没有改变。

　　魏小凯是春天上任的。夏天到了，雨水也多起来。有一个星期，天气预报天天都说次日有雨，而且从卫星云图上看本市也确实被云层覆盖，魏小凯如以前一样每天都带伞去上班，可是实际上，每天却只是夜里下一阵儿雨，早上魏小凯到了单位，就莫名其妙地天开露出太阳来。一连七八天都是这样。单位里很多人看到他带着伞走进单位大门、走进办公室，都禁不住用一种奇怪的眼光看他，一连七八天都是这样。

到了第八天，魏小凯就受不了了，把一个叫小李的工作人员叫到办公室，问他是否知道这是为什么。小李是个直性子，从来不说假话，他对魏小凯说："不下雨，你却每天都拿着一把伞来，谁知道你葫芦里卖的是啥药？你是领导，谁也不敢问。但私下里大家都议论，说你是个小心眼的人，连不下雨都带着伞，将来当了一把手，不定怎么拿捏大家呢。"魏小凯听了，觉得真是滑天下之大稽，但思想再三，回味再三，又想起来这个单位时领导的语重心长，意识到自己得改改了。

于是，不是天气预报说有大雨，即便是有小雨，他也不带伞了。可是老天似乎有意和他作对，不但预报下大雨时下暴雨，预报下小雨时也噼噼啪啪地下大雨。魏小凯经常被淋得如落汤鸡一样。还有一次天气预报说"明天阴天转晴"，可第二天居然下的是瓢泼暴雨。就是在这次瓢泼暴雨中，魏小凯新买的手机被雨淋后浸坏了。

回到家，魏小凯洗了澡，坐在沙发上，就很气恼，缓不过劲来：妈的，我这是招谁惹谁了？我下雨不下雨都带伞防雨，有什么错吗？这群鸟人竟说三道四！我不带伞，和他们一样了，"团结"他们了，可我却总是被雨淋！我为什么就不能不下雨也带一把伞？我带伞，至少不会被雨淋吧！

于是，魏小凯不搭理别人，又恢复了阴天即带伞的习惯。

时间长了，也没见人说什么。可是魏小凯有时坐在办公室里，特别是天气预报说下雨而没下的时候，他又忍不住琢磨：他们当面不说什么，背后会不会说什么？这群鸟人！

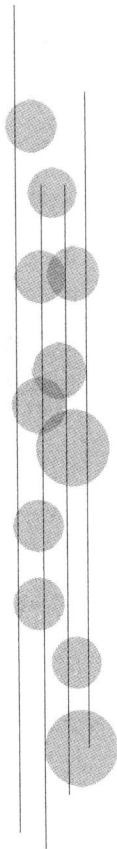

非法建筑

"简直是岂有此理！"孟县长猛地把联名书拍在桌子上，随即拿起电话打给县文化局辛局长，让他立即过来。孟县长真的恼火了：刚刚拨了三百多万修好城隍庙，这些"老夫子"们居然又联名上书，要求将易公馆批准为县级文保单位，并拨款维修！

十分钟后，辛局长赶到了。孟县长扬着这份联名书，问："这个，事先你知道吗？"

辛局长小心翼翼地说："事先我真不知道，我也是昨天下午收到的，刚在办公室看完……"

孟县长不满地说："这些迂腐的'老夫子'真是不当家不知道当家的难，我们县刚刚脱贫，很多地方都缺钱，他们却把县政府当成唐僧肉了，今天要保护这'古迹'明天又要保护那'古迹'。可是，这些东西放在全国，甚至全省，根本就没有什么文物价值。保护什么？就说城隍庙，他们引经据典说什么始建于明朝，历史悠久，规模和影响在皖北首屈一指。好，我同意重建，花了三百多万呐！不但没人愿意花钱进去参观，每年还要倒贴不少的管理费！现在这个易公馆，你看怎么办吧？"

辛局长挠了挠头，说："孟县长，我和你的观点是一致的……"

孟县长打断他的话，激动地说："更重要的是，我们已经通过公开招标和江苏天同集团达成了改造这片旧城区的协议，要拆迁！这些迂腐的'老夫子'，大都是你们文化局的退休干部，你要做好工作！"

"这个当然，不过，他们是退休人员，我们也不好拿他们怎么样呀。"

"反了天了！我堂堂一个县长还管不住他们啦？"

"我不是这个意思……可是，领头的牟平是市地志办副主任退的休，我们管不了他呀！再说，他侄子在市日报社工作，城隍庙的事不就是他侄子煽

呼起来的吗？如果和他们来硬的，到时候媒体再一煽呼，我们就可能会很被动……"

"我不管怎么困难！你是文化局长，这件事你要给我压下去，保证顺利拆迁……"

回到办公室，辛局长想着这件棘手的事，觉得自己也没有什么好办法，不禁唉声叹气。

这时，电话铃响了，是老同学——县重点工程办公室的叶主任，说晚上请他及其他几个同学去某大酒店"喝闲酒"。

喝酒的时候，辛局长一直都闷闷不乐。叶主任就问他怎么啦？他就把情况说了出来。

叶主任脑子一转，突然笑了起来，说："我倒有个好主意……"

"什么主意？快说！"

"那你不得先敬我一杯酒吗？"

辛局长立即敬了叶主任一杯酒，叶主任随后便把他的主意告诉了辛局长。辛局长听着，终于眉开眼笑起来……

第二天，辛局长就来到孟县长办公室，把叶主任给他出的主意说了出来。孟县长听了，高兴地立即表示同意……

几天后一个漆黑的夜里，一帮子拆迁人员悄悄来到易公馆，一夜之间将易公馆拆除了。

次日早上，牟平等人得知消息，立即赶到易公馆，看到易公馆已成一片废墟，不禁老泪纵横："我们县地处平原地区，文物古迹本来就稀少，像易公馆这样对于我县有极大历史文化价值的建筑，他们不但不保护，还遽然拆除，他们是千古罪人呐！"

回到家，牟平就将这一情况告诉了在市日报社工作的侄子，侄子立即动身前来采访，要将这一"不可告人"的事情予以曝光。县委宣传部安排了文化局辛局长和城管局窦局长接受采访。

牟平的侄子问："易公馆建于民国十年，原主人易一飚曾当过省长。抗战时期，他退隐回来，严词拒绝日本人的邀请，表现出民族大义。虽然历经几十年风雨，易公馆有些残破，但保存基本完整，高大宽敞，具有典型的民国建筑风格。难道这不是文物吗？"

辛局长早有准备，说："根据有关规定，易公馆没有超过一百年，不具

有突出的历史、科学、文化和艺术价值，因此，一直都不是文保单位，属于普通建筑。"

城管局窦局长也坦然地说："这座建筑未经县规划局批准，属非法建筑，加之年久失修，有安全隐患，予以拆除，没有什么不妥。"

牟平的侄子压抑着心头的怒气，问："这座建筑是什么时候建的？"

窦局长说："民国初期。"

牟平的侄子又问："那时候有现在的县规划局吗？现在的县规划局能回到几十年前去批准吗？"

窦局长这才意识到自己失言了……

第二天，这条新闻就上了报纸，社会为之哗然。市有关部门也介入了调查。但孟县长和辛局长、窦局长却都毫不紧张。

不久，市里的调查结论出来了：易公馆不是文保单位，加之年久失修，有安全隐患，予以拆除，并无违法违规问题。

牟平看到这个结论，气得大骂，但又无可奈何。

这件事平息后，辛局长请叶主任吃饭，表示感谢。

酒喝多了，叶主任把辛局长拉到一边，说："辛局长，老弟我有点儿愧疚呀。"

辛局长说："老弟说的是什么话？"

叶主任说："当时我只是想让你放开了喝酒，才开玩笑地给你出了这个主意：让城管局把易公馆当作未经批准的违法建筑，予以拆除。市日报报道这件事后，市里进行调查那几天，我一直都提心吊胆的，怕你因此掉了帽子……"

辛局长笑起来，说："老弟，你喝多了？说啥呢？"

叶主任说："我说的是实话呀，老哥！"

把敌人树为典型

"黄局长，古副局长死了！"尤副主任从医院打来电话说。

"你再说一遍！古副局长死了？"

"是的！"

黄局长心里突然翻起一阵难以名状的波澜，有难过，也有一些释然。难过的是，古副局长在工作上是一把好手，为局里赢得过不少好评；释然的是，春节前，他和古副局长闹得十分不愉快，现在古副局长再也说不出"威胁"他的话了。

古副局长是排名第二的副局长。此前古副局长排名第三，去年老局长退休，组织上将黄局从另外一个局平调过来，为了让他有一个好的环境开展工作，组织上同时当时排名第二的周副局长调走了，从其他局新提拔了一个副局长过来。

来之前，黄局长就了解过，古副局长是个工作认真负责的人，对待下属也很平和，但就是有点儿认死理。黄局长上任之初，古副局长在工作上服从安排，干得也很卖力。不久，为赢得人心，黄局长提议设立一个小金库，以便能多为大家发一些福利。可是，没料到古副局长却坚决反对，说这是组织上明令禁止的。虽然最后在其他局领导的支持下强力设立了，但古副局长却从不领名堂不正的福利。这让黄局长很不满，但又没有办法。

去年年底前，省厅开展系统内先进工作者评选，古副局长的条件最好，但黄局长想利用这个机会给古副局长一个"教训"，便在开会研究时提出"局领导都不参评，把机会留给下面的同志"的原则。古副局长没说什么，表示同意。

为了让小金库里的资金充裕，春节前，黄局长又提议将一项灰色收费提高。其他局领导都同意，但古副局长仍坚决不同意。黄局长在办公室找他单独谈话时，他居然说出了这样一句话："你敢这样做，我就向上级汇报。"没有办法，此事只得暂时作罢。这让黄局长心里十分不痛快，局里的其他人知道了也都很恨古副局长。

春节过后，该市旱情越来越重——从年前开始一连两个多月都没有过像样的降雨，市里紧急布置抗旱保苗工作，市直机关都分派了相应任务。黄局长和其他局领导班子成员私下商量后，形成了一致意见：让古副局长下去蹲点，帮助他们局包点的板桥镇抗旱。

谁知今天下午刚上班，板桥镇镇长突然给他打来电话，说帮助他们镇抗旱一个星期都没回家的古副局长，因劳累过度心脏病突发，已被送到了医院。当时黄局长没有想到会多么严重，就指示办公室尤副主任代表单位去医院看看。谁知，尤副主任刚到医院，古副局长就咽气了。

黄局长说："我马上就去医院。"

随后，黄局长把办公室薛主任叫了过来。薛主任听到古副局长去世的消息，也吃了一惊。黄局长说："现在，给你一个重要任务：抓紧时间赶写古副局长的材料……"

薛主任一愣："他都死了，我们还告他？"

"你弄反了，我是说他的先进事迹材料：工作上，他如何兢兢业业，不断创新方法，提高工作效率；接待群众时，他是如何平易近人；生活上，他是如何简朴，还资助了多名失学儿童……越详细越好！马上我去医院安慰了他家人后，就去市政府向市长汇报，争取把他树为全市的先进典型……"

薛主任还是不解："他可是反对您的呀，您还——？"

"你不懂！你就按我说的抓紧办！"说完，黄局长就往医院赶去了。

到了医院，黄局长安慰了一番悲痛欲绝的古副局长家人后，又马不停蹄地赶到了市政府，向市长汇报。市长也很震惊，听完黄局长悲痛的汇报后，立即指示宣传部门通知报社和电视台等新闻单位开会，就如何报道好这个先进典型做周密安排。

很快，古副局长的先进典型事迹经本市媒体的大力宣传便家喻户晓了，全市各单位、各部门也都把他当成了学习的楷模。同时，省里的媒体也报道了古副局长的先进事迹，省厅在系统内也迅速开展了向古副局长学习的活动。

在古副局长的追悼会上，古副局长的爱人握着黄局长的手，久久不愿松开，发自肺腑地说："感谢领导的关心和周到的安排！"

黄局长说："这是应该的，古副局长是个好同志，他的殉职是我们局的重大损失，我们都很难过呀！"

追悼会结束回到办公室，黄局长对薛主任说："你现在明白我把古副局长树为先进典型的用意了吗？"

薛主任说："我有点儿明白了，古副局长成了先进典型，一是您和古副局长不和的传言就不攻自破了；二是古副局长的家人不但不再误解您，还很感激您。"

"没有了？"

薛主任挠了挠头，说："还……有吗？"

黄局长笑了笑，说："你呀，还没完全成熟！还有更重要的你没有想到呀：古副局长成了全市和全省系统内的先进典型，这说明什么？这说明我们局的工作干得好呀，工作干得好社会形象就好嘛！我们局的工作干得好，是谁的功劳？有古副局长的功劳，更有我的功劳嘛！古副局长死了，功劳不就全是我的了吗？"

不久，天降甘霖，抗旱的事过去了。古副局长的事情也渐渐过去了。

这天，黄局长又开局领导班子会议，讨论提高那项隐性收费标准的事。其他局领导班子成员一致表示同意。因为是隐性收费，外界谁都看不出来，更说不出什么来。

信息时代

"我叫阿槑。"

"阿梅？你怎么起了个女人的名字？"

"不是。是槑，两个'呆'连在一起的那个'槑'。我是名人呀，2008年——奥运会那一年，我可是闻名全国的！"

慕总和其他几个考官面面相觑，还是不明白他在说什么。

"山寨、打酱油、做人不能太 CNN……有印象吗？我和他们一起当选过谷歌、百度等年度十大新词！槑，就是很傻很笨的意思……"

这时，慕总和其他几个考官才好像有了点儿印象，他们上上下下地打量了阿槑一番，问："你真是阿槑？"

"我确实是！"阿槑掏出身份证亮给他们看。

他们都很惊诧："你怎么到我们这个三线城市来了？"

"你们也知道，大城市竞争激烈，生活成本太高，不少人都在逃离，我也……"

"那，你是什么学历？"慕总问。

"学历？学历嘛……"阿槑不自信地解释说，"你们该知道，在 2008 年之前，我一直生活在与世隔绝的深山老林里。可是，你们这个世俗世界的年轻人闲极无聊，硬把我给拽了出来，'晒'到网上，并很快蹿红……在深山老林里，我和妻子、一双儿女，同寨子里其他人一样，过着与世无争的简朴生活，只念过几天书，认识一些字。学历吗？没有。"

"那你有什么特长？"

"特长？也、也没有什么特长，就、就会走两步模特步。2008 年我不是突然红了吗？一家经纪公司就和我签了合同，我成了他们公司的一员。因为要经常参加一些商业活动，他们就先训练我如何走模特步……"

"那，你给我们走走看看。"慕总说。

阿糗站起来，扭扭捏捏地在室内走了一圈，样子十分滑稽，大家不禁都笑了起来。笑完后，慕总问："你还有什么工作经验?"

阿糗说："我签了那家经纪公司后，起初的两个月，出席了大概一百多场商业活动，挣了一些钱。不久，一家企业请我做形象代言人，谁知道广告刚拍完，他们公司就因为涉嫌非法传销被查封了，公司负责人被逮捕，我们的广告费也打了水漂! 这时，一家影视公司邀请我参演电影《江湖大笑》，可是我哪有什么表演经验呢? 现学也来不及，我就说我不行。可是经纪公司说人家一百万定金已经预付了，必须拍。赶鸭子上架，哪会有好呢? 结果，我刚拍了两天，就因实在不会演被'退'了。经纪公司一看我这样不争气，就一脚把我踢出了公司。我向公司索要报酬，可他们说因为我的无能，《江湖大笑》剧组不但把定金要走了，还赔偿了他们一百多万。其实我知道，《江湖大笑》用了我的名字，获得了不少广告赞助，那一百万定金都让经纪公司给昧了，可是我没有证据，只能抽身走人。这两年里，我换了不少工作，但都不如意……看到你们公司的招聘，于是就想来试一试。"

慕总和其他考官互相看了一眼，然后说："好了，你先回去吧，两天后我们给你消息。"

阿糗鞠躬致谢，出去了。

慕总问其他考官对阿糗有什么看法。

戴近视镜的人事部女经理说："没想到他还真是阿糗! 我觉得可以聘请他，至少对我公司的知名度提升，还是有一些帮助的。"

但是，老谋深算的财务部经理却不以为然，说："2008年阿糗是网络红人，可是今天，谁还记得阿糗? 他一进来作自我介绍时，我们不是谁都没认出他来，也都好半天想不起他来吗? 这就是说，现在，他不再是网络红人了，他身上的名人效应在2009年初就消失殆尽了! 他没有学历，没有特长，我们要这样的人干什么?"

慕总想了想，就把阿糗的名字划掉了："不管他了!"

阿糗到了街上，面试室里后来发生的事他一无所知。但是，这两年艰辛、曲折的生活让他感到，这一次应聘他很可能还是没戏。他不明白，自己当年是那么红，现在怎么成了"愁嫁的老姑娘"呢?

这时，他感到饿了，便走进一家阜阳小吃"格拉条"店，要了一大碗。

吃完结账时，他才发现，一大碗格拉条要四块钱，他兜里却只有三块钱。

店主看他掏了半天也没能再掏出一块钱来，就说："算了算了。"

阿槑很不好意思，说："老板，真是太感谢您啦！"

老板突然认出了他，说："你不是阿槑吗？我是阿囧呀！我们 2008 年和山寨、打酱油、做人不能太 CNN 等等一起当选过年度新词，一起上台领过奖！"

"你是阿囧！"阿槑激动极了，"你怎么开了一家小吃店？"

阿囧便把自己和阿槑差不多的经历说了一番，最后说："我们为啥会突然成名，但很快这个名又消失了？去年底，我才忽然想明白：因为现在是信息时代！"

"啥意思？"

"信息时代，就是新信息不断地大量产生、'长江后浪推前浪一浪更比一浪强'的时代。我们这些 2008 年的'新词'，迅速地变成'老词'，被人遗忘，都是'长江后浪推前浪一浪更比一浪强'的结果！风光的时候真是风光，但也只是那两三个月呐！于是，我放下'名人的架子'，开了这家小吃店。虽然现在没一个食客知道我是当年风云一时的阿囧，但他们都很喜欢吃我的格拉条，我也就有了生存的一席之地。"

阿槑忽如醍醐灌顶，说："这就是信息时代的无情呀！"

阿槑长出了一口气，决定回沉寂山老家去。他的妻儿天天都盼着他回去，可是这几年他都没回去过。其实，深山老林里，才是能让他活得舒服的地方呀！

名牌的出炉

十年前，王波还是一个菜贩子，我是一个大学讲师。在我的建议下，他开店经营金银珠宝首饰。十年后，王波变成王董事长，身家过亿；而我也成为著名策划人，拥有一家咨询策划公司，身价达数千万。

这天，王董事长给我打电话，说他准备创建一个自己的珠宝品牌，请我做全盘策划。一个星期后，我从北京飞回，来到王董事长的办公室。

我首先问他："你准备给这个珠宝品牌起个什么名字？定位是什么？"

"我想先听听你的想法。"王董事长谦虚地说。

"首先，有一个概念需要明白……"

"什么概念？"

"品牌。真正的品牌是什么？是具有溢价能力——也就是能获取较高利润——的一种价值符号。比如，一提起'卡地亚'就想起皇室的尊贵。"

"有道理……"

"我建议，将新创建的品牌命名为香港'金贵宝'，英文名 GOLD HIGH——意为至尊无上的金饰。取名香港'金贵宝'，一可以借著名的香港'金尊宝'品牌进行比附宣传，因为'香港金尊宝'是一个历史悠久的品牌，在全球有极高的知名度和美誉度；二是香港是世界著名的购物天堂，品牌品位高、时尚感强。我们的'金贵宝'品牌就定位为'时尚而高档的香港珠宝品牌、金饰专家'。广告语可设计为'金饰专家，香港金贵宝珠宝'。"

王董事长很兴奋："也就是说，要在香港进行商标注册？"

"对！还有，公司注册地要选在南非。南非是出产极品金的国家，'金贵宝'既然是'金饰专家'，就要跟南非扯上关系。考虑到公司暂时还没有经济实力独自建厂，也没有相应的人才管理工厂，因此应采用 OEM 方式在深圳贴牌加工，因为深圳是世界珠宝集散地，珠宝加工厂达三千多家，哪家的款

式新、有特色就在哪家加工，这样可以降低成本风险，还可以提高珠宝款式的竞争力。"

王董事长很激动："那么，价格如何定位？"

"这要看你是否有魄力了……"

"怎么说？"

"如果你有魄力，我们就采用高价格策略。"

"怎么个高法？"

"对于'金贵宝'来说，品牌初建时知名度低，影响力有限，如果价格和大多数品牌一样，就没有优势，更无法凸现'金饰专家'的尊贵。更重要的是，从理论上讲，产品高价格首先会给消费者一个心理暗示——这个东西很值钱，不是谁都能买得起，是一种身份的象征。要知道，品牌的溢价能力就是'给消费者价值感'。利用高价格和恰当的包装打造新创建的品牌，可以起到事半功倍的效果。"

"高见！"

"与之相配套，要进行品牌的全方位包装，包括品牌故事、产品款式等等各个方面。包装必须与高价相适应，过高过低都不行，因为包装的作用就是要证明'金贵宝'的性价比是高的。其中品牌故事包装，可以设计为这么一个故事：上世纪六十年代，一位具有博爱之心的南非'金王'蒙·卡桑，有一个梦想，就是要让全世界喜爱金饰的人们都能佩戴到最好的金饰品，于是创建了'金贵宝'这个品牌。由于其独特的工艺和高贵的品质，'金贵宝'成为欧美市场上的金饰新贵。上世纪七十年代中期在香港注册公司，如今正式进入大陆市场。我们要印制高档、中英双语的品牌推广手册，将这个故事传播出去。"

"这不是编造出来的假故事吗？"

"真真假假，谁会追根溯源？现在的品牌都是用这种方法包装。"

"那，市场如何启动？"

我喝了一口咖啡，说："目前我公司经济实力尚不足以进军北京等一级市场，同时一级市场消费者比较理性，初期很难忽悠成功。因此，我们在大城市只做前期布局，主攻还是本省市场，做成区域强势品牌。因为本省人口多、经济相对落后、消息闭塞，品牌运作资金少，相对容易，风险也小。当前，在本省地级城市没有珠宝品牌投放广告，我们就利用这一空隙，制作两

个广告——一个诉求品牌、一个诉求卖点，在电视、报纸、车身等进行广告轰炸，让消费者误认为'金贵宝'品牌来自香港，就是有实力、有魅力。"

王董事长拍案叫绝："好！就这么办了！"

……

两年后，"金贵宝"成为本省最强势、最著名的珠宝品牌，许多客户主动要求加盟经营，年销售额过亿。三年后，"金贵宝"成为中国珠宝首饰业驰名商标、知名品牌，全国各大城市经销商纷纷加盟经营。

一个经过精心策划的品牌，闻名全国……

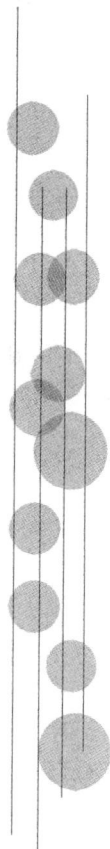

处　　理

廖局长刚上任没两个月，就遇到了一个令人心惊胆战的事：网上忽然出现了一个帖子，说他们局是一个对房地产商有重要影响的职能部门，该市最大的房地产商川风集团为了最大地获得各种好处，偷偷地根据不同级别给该局上至局长下至一般工作人员每人发了一张买房优惠券，持此优惠券买房可优惠百分之二十至三十。现在一套一百平方米的房子市价大约在五十万，优惠百分之二十至三十，就意味着一套房子可以便宜十到十五万！这个帖子很快被全国各地各种媒体转载，已经弄得满"国"风雨了。

在私下问办公室徐主任前，廖局长就知道这一定是真的，因为他来之前社会上就有这个传言了！

这个帖子刚在网上发出来，廖局长就把徐主任叫到了他办公室，问到底是怎么回事。

徐主任知道瞒不住，就说了实情，说："不过，这也不是什么大事。已退休的滑局长，还有周副局长、韩副局长，都没用优惠券买房子。"

"他们为什么没买？"

徐主任笑了笑，心照不宣地说："这不明摆着吗？……"

廖局长又问："那你呢？"

徐主任正色道："我当然也是没问题的！"

廖局长想了下，明白了：当领导的，谁会傻到留个尾巴让人抓？肯定都把优惠券倒换成现金了！这样，即便是出了事，也找不到他们的问题。

可是，市纪检监察部门却对此十分重视，成立了调查组。

虽说廖局长是才来的，和这件事无关，可是这些天，他心里也一直忐忑不安：毕竟自己现在是一把手！知道的还好说，不知道的肯定都认为他有责任！

这天下午刚上班,监察局冷局长给他打了个电话,请他去一趟。

廖局长正准备动身,这时办公室徐主任进来了,汇报说:"廖局长,出事啦……"

廖局长一惊:"又出什么事了?"

徐主任说:"咱们堆在厕所角落的一百多斤废报纸,让打扫卫生的临时工万大嫂给偷卖了,今天才发现!"

一身冷汗的廖局长这才舒了一口气,说:"这点儿小事,你看着处理吧……"说完就走了。

廖局长到了冷局长办公室,冷局长给他倒了一杯茶,拿烟给他抽,然后把门关紧。

冷局长说:"廖局长,想必你也知道今天请你来的目的了……"

廖局长问:"处理的决定出来了?"

冷局长抽了一口烟,说:"监察局有了一个初步处理意见,报请市领导批准后才会公布。根据调查,那件事是事实,除了已退休的滑局长及周副局长、韩副局长还有办公室徐主任外,其他人都用这个优惠券买了房子。我请你来,就是想听听你还有什么想法……"

"能透露一下初步处理意见吗?"

"我们的初步意见是:一,和开发商协商,要么立即清退违规购买的房屋,要么将市场差价补上去;二,给予所有购房者纪律处分……"

"第一条我没意见。但第二条,我觉得是不是就算了?……"

"你怕什么?你是刚调来的,这件事跟你无关。再说了,你们领导班子成员——包括已退休的滑局长,都没买房子,是清白的嘛,处理的只是其他工作人员,不会引起轩然大波的……"

"当然,这是不幸中的万幸!"廖局长斟酌地说,"我是想说:一个单位一下子处理了这么多人,以后我的工作不大好做呀。另外,虽然其他领导都没买房子,但处理了他们,外界还有被处理的这些人都会问:怎么所有的一般干部职工都有问题,偏偏领导没一个有问题的?这会不会在全国引发第二波质疑……"

"但是,如果只保留第一条,外界会不会更加质疑?"

"冷局长,我是这样想的:他们固然不该拿优惠券去买房子,但也没有明确的法律、文件说这就是犯法!这不过是优惠券,不是现金,不是实物,

也不算有价证券，优惠券不过是一种促销手段嘛。退了，就算了吧。外省的不少地方也都发生过类似事情，也都是这么处理了结的，后来舆论不也偃旗息鼓了吗?"

冷局长沉思了一会儿，说:"我们再考虑考虑吧。"

廖局长没想到这么快，第二天处理结果就公布了:只保留了第一条。这让廖局长心里稍稍宽慰了一下，他为同志们争取了宽大处理，同志们一定会卖力地给他工作的了!

没想到，这时打扫卫生的临时工万大嫂突然闯进了他的办公室，指着他的鼻子就大骂起来:"我要到省里去告你们!噢，你们这么多干部买开发商的房子，占了十几万块钱的便宜，把房子退了或补了差价就结了，我只不过把废报纸卖了四十多块钱你们就开除我，凭什么?!……"

这时，徐主任带着保安跑进来，抓住万大嫂的胳膊就往外扭。

廖局长被弄得一肚子火，叫住徐主任，问他究竟是怎么回事儿。

徐主任说:"万大嫂偷卖公家的东西，钱虽然不多，但性质太恶劣啦!经办公室研究决定，将她开除了。她居然还敢跑到您办公室来闹，真是太猖狂了!……"

廖局长恼怒地一屁股坐到沙发上，冲徐主任说道:"你看看你们，办的这都是什么事儿啊?……"

赵总的成本

我是一家地方报纸的副刊编辑。由于网络传播的方便，给我们报纸投稿的并不少，但多是全国各地的作者。但是，总编强调要求尽可能全用本地作者稿件，这样对扩大发行及报纸在本地的影响都有益处。可是，一个地方常写文章、写得尚可的并不多，发来发去都是那些人的稿子，读者也会有意见。因而，作为编辑，能看到一些陌生面孔的稿件，我都会很高兴。

这天，我打开电子邮箱，突然发现了一篇署名赵然的散文。写的是过去穷的时候冬天穿"草窝子"鞋的事儿。这篇文章虽然结构老套（开头是一件事引起对"草窝子"鞋的回忆，接着写曾经做、穿草窝子鞋的往事，最后感叹现在的生活如何美好），还有好几个错别字，但语句尚通顺。于是，我很快编发了这篇文章。

这篇文章发表后的第二天，这个作者又投来了一篇散文，写的是以前过八月十五的艰难，也是上述"三段式"的八股结构，依然还有一些错别字。但这时正赶上中秋节将至，就勉强将此稿发了。

没想到，这篇文章见报的第二天，邮箱里又收到了这个作者的一篇写过去吃大食堂吃不饱的忆旧文章，结构、错别字问题依然如故。说实在的，这篇稿子虽然个别细节还算生动，但无论如何都不能再发这种老掉牙又千篇一律的稿子了！但我心里多少还是觉得有些忐忑，于是就给这位作者打了一个电话。

这个作者听说是我，十分兴奋，连说感激我的话。当我说这篇稿子不能发时，他的情绪立即低落了下来。但他依然抱着幻想，说："我觉得这篇稿子还是挺好的呀，情真意切！"

我直言不讳地说："如果这是你给我的第一篇稿子，发是没有大问题。但这是第三篇稿子。你这三篇稿子虽然内容不同，但从宏观上看大同小异。

我冒昧地问一下，你平时都看些什么书？"

他呵呵笑了一声，说："我整天那么忙，还真没有时间看书。好像有几年都没正经地看书了吧。"

"那你平时看报纸副刊的文章吗？"

"在给你投稿前，我还真没认真看过。我主要看新闻。"

"哦。"我礼貌地和他再见，挂了电话。

一个不看书也不看副刊的人，写出这样的文章已经不容易了！但是，这样的人还有什么必要写文章呢？

半个月后，一个在发改委工作的好朋友杜修给我打电话，说晚上请我吃饭。我问什么缘由？他说一个企业界的老板请他约我。我问是谁、什么事？他说小事，你到了就知道了。

因为和杜修是多年好友，知道他不会"坑"我，我没多想，就去了。到了饭店包厢，杜修给我和今天的东家介绍时，我不禁在心里叫苦不迭：今天做东的是赵然，本市川风集团的董事长、总经理！

酒过三巡，赵总在多次表达感谢、夸赞了我编的稿子如何如何好之后，端起酒杯又要和我喝一个满的，并终于说出了这次请客的目的："还请老弟多多照顾我的稿子啊！"

我能怎么说呢？我只好微笑着说："只要适合，肯定会照顾。"

杜修也举起杯，说："我陪一杯！赵总是我们的好哥们儿，一定得多发啊。"

这时，我突然想起了我们明年的一百份订报任务。既然看在人情上不得不发那篇稿子，不如干脆让他帮忙多订一些报纸吧。我就把订报纸的事说了出来："还请赵总多多帮忙啊。"

赵总脸色有些不自然，说："好说好说。"

这时，杜修从底下拽我的衣服，说："喝酒喝酒！"

我们一起把酒干了。

第二天，我想直接给赵总打电话，落实订报纸的事。又一想，觉得还是先给杜修打个电话为好。

谁料，杜修接了我的电话，说："你的订报任务不是每年都能超额完成吗？赵总这里，就算了吧。"

我异常失望，说："赵总不是答应订了吗？"

　　杜修说："他是董事长、总经理，整天忙得团团转，除非有他自己的文章，他哪有时间看报纸、看书？他说了，他不会亏待老弟你的，昨天晚上人多，不方便，他给你准备了一个红包——一千元，让我转交给你！"

　　我又惊，又喜，又气，突然觉得真是太荒唐了！你既然不看报纸不看书，干吗还写文章？写了还要发？为了发一个豆腐块，还要花这么大的价钱？……真是奇了怪了，不可理喻！

　　我从杜修那里把一千块钱拿了回来，交到了报社财务室，全订了报纸——一千块钱正好够订二十份报纸的。我把报纸送给了赵总一份，另外十九份我送给了一些也是常年不看书报、只想发稿子的人。

　　我想，赵总啊赵总，你还是董事长呢，怎么一点儿成本都不会算！你请我吃饭给红包，总计破费了近三千块钱吧？其实，你只要平时多读点儿书，多看看我们副刊文章的风格，你就是不认识我，不请我吃饭给红包，自然投稿，一年发几篇稿子也是很容易的。何必呢？

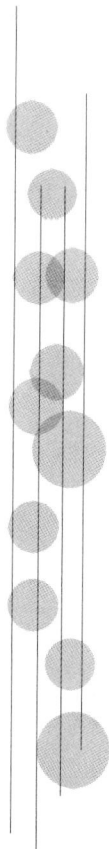

堂吉诃德是作家

"堂吉诃德疯啦!"

一大早,这个城市里最早起床的市民,到市政广场去晨练时,看到堂吉诃德这个瘦削、面带愁容的青年作家,骑着一匹瘦弱的老马,头戴头盔,手拿一柄生了锈的长矛,立在广场中间,一动不动。起初,人们都以为这是一夜之间树起的雕像,都没在意。

没过多会儿,太阳升起来,堂吉诃德突然手挥长矛大喊道:"我是非凡的骑士,我要做一名锄强扶弱的游侠,打抱世间一切不平事!"

在广场上晨练的人们受到惊吓,顿时都愣住了。堂吉诃德就这样一连喊了半个小时,大家才明白:堂吉诃德疯了!

可是,大家都不明白:堂吉诃德这样一位闻名全国的青年作家,怎么突然就疯了?

堂吉诃德疯了的消息传出去,不仅一直吹捧堂吉诃德的出版商和粉丝们立即就聚拢了过来,这个城市里所有媒体的记者也都很快赶了来。

堂吉诃德指着人群中一个农民模样的人,问:"你叫什么名字?"

这个农民回答说:"我叫桑丘·潘沙。你要干什么?"

堂吉诃德说:"你愿意做我的侍从吗?"

桑丘·潘沙哈哈大笑说:"你真的是疯了!"

堂吉诃德立即从兜里掏出一张一万元的支票,说:"这是一万元,是我付给你的第一个月工资,拿去!"

桑丘·潘沙捡起来,问身边的出版商:"这是真的吗?"

出版商看了看这张支票,肯定地说:"绝对是真的。"

桑丘·潘沙高兴地说:"好啊,我愿意做你一个月的侍从!"

这时,堂吉诃德又指着一位送奶女工问:"你愿意做我的女主人吗?"

这位送奶女工以为自己听错了，问："你说什么?"

堂吉诃德郑重其事地又重复了一遍，说："唉，这也是一万块钱的支票，我聘请你做我一个月的女主人。"

送奶女工立即接过支票，也让出版商看，出版商说这也是真的支票。这位送奶女工当即就痛快地答应了。

随后，堂吉诃德就带着桑丘·潘沙和送奶女工出发了。记者们紧跟其后。

他们首先来到一个大酒店，堂吉诃德要求侍从桑丘·潘沙开了一间上等房，要求把大酒店总经理找过来。总经理听说来了很多记者，不知怎么回事，忙跑了出来，一看是著名的青年作家堂吉诃德，忙征求他的意见。

堂吉诃德坐在酒店大堂里，说："你是这座城堡的主人吧?"

总经理说："这不是城堡，这是大酒店。我是这里的总经理。"

"不对，这是城堡，你就是城堡的主人!"

总经理忙顺着他说："对对，我是这座城堡的主人。请问，您有何吩咐?"

堂吉诃德笑着站起来，握住总经理的手说："既然你是城堡的主人，请你封我为骑士!"

总经理不知所措，问："什么?"

堂吉诃德说："我要做骑士!"

这时，出版商跑过来，跟总经理耳语了几句，总经理脸色才正常下来，说："好吧。"

于是，总经理让助手把卖汽水的账本拿了过来，神圣地说："面对《圣经》，我正式册封你为骑士。从今天起，你就是真正的骑士了!"随后，他叫厨子拿出一把菜刀，用刀背在堂吉诃德的肩膀上轻轻地打了两下，然后叫厨师给堂吉诃德挂刀;之后，又叫厨师把挂面斜披在堂吉诃德身上，当绶带。

受了封的"骑士"堂吉诃德走出大酒店，大喊一声，把门前的旋转风车当作巨人，冲上去就打;他又来到街上，把停在路边的汽车当成军队，奋力用长矛挑破车胎;他又来到一个理发店，把一个理发师当作武士，迎头痛击……这个城市，因为"骑士"堂吉诃德，弄得十分混乱。

警察出动了，要逮捕堂吉诃德。这时，堂吉诃德好像突然恢复了正常一般，面带笑容，去掉头盔，笑着走向紧跟其后的各位媒体记者。记者们纷纷追问堂吉诃德今天这是怎么回事。

堂吉诃德脱掉盔甲，把盔甲的里子翻过来，上面赫然是一幅广告：青年叛逆作家堂吉诃德新作《骑士新传奇》今天隆重上市！

堂吉诃德说："今天，大家都以为我疯了，其实我没疯。我只是想用一种新方式来庆祝新作《骑士新传奇》隆重上市！谢谢大家的光临！"

这时，也一直紧随其后的出版商立即安排工作人员，给现场的每人赠送一本新书。

但随后，警察还是把堂吉诃德抓进了警车，决定治安拘留五天。

这条新闻很快就传遍了全国，吸引了不少读者的眼球，堂吉诃德的新书《骑士新传奇》也爬上了各地图书销售的排行榜……

进　　退

　　老皇上驾崩，新皇上刚登基一天，北方的敌人就趁机跨着战马，如荒原狼一般突然集结到双方的边境，掳掠了多个集市。新皇上紧急征调五路兵马前往抵御，其中就包括方格将军的南天营。

　　新皇上虽然只有三十多岁，然而他如老皇上一样，很有才智。为了鼓舞士气，他不顾一些大臣的反对，决定亲赴前线慰问将士。为了给将士们更多的惊喜和振奋，也为了不让将士们分心战事，他没有提前通知。

　　果然，皇上到了其中的四路兵马的大营前，大营门口的守卫兵士都很惊喜，未及通报，就让皇上一行人长驱直入，进了大营里面。到了主将的帐前，主将才知道新皇上来了，慌忙出来迎驾，之后又率众将恭恭敬敬地把皇上送出大营。

　　可是出了这四路兵马的大营，皇上却都忍不住长叹一口气。跟随的侍臣问道："皇上，您怎么啦？"皇上又叹了一口气，只道："没什么。"

　　这时，方格将军已听到了皇上没有打招呼就去慰问几路兵马的事，他的亲信、参军宛余就提醒他道："方将军，我们要提前做一些准备呀，要让皇上来了心里高兴。"

　　方格将军却摆摆手，道："不需要，一切照常。"

　　宛余还想说什么，方格将军阻止了他。

　　这天，皇上的御驾到了南天营，被拦在了营寨之外。侍臣不满地发火道："瞎了你们的狗眼！这是御驾，你们看不出来吗？"

　　营门的守卫却道："方将军有令，营中只听方将军命令，其余之令一概不奉！必须拿出符节进去通报方将军，得令后方能放行。"

　　侍臣怒道："你胆大包天！来人，给我拿下！"

这时，皇上却立即制止了他，让拿出符节进去通报。很快，披挂齐整的方格将军出了大帐，来到营门前迎接皇上。然而，他却没有行跪叩礼，只手持兵器向皇上拱手道："我朝祖制：军帐营中，披甲将士不必跪叩。请皇上允许臣以此礼拜见。"

皇上不但没有生气，还高兴地笑起来，忙走上前去，扶住方格将军的双臂，道："你才真正是治军有方啊！有了你这样的将军，何愁不破敌？"

果然，不久，北方的敌人就被打溃，败逃到很远的高寒地区去了。而方格将军由于战功最大，被升为军队最高统帅。慑于方格将军的威名，十年中，北方的敌人都没敢再来犯境。

由于边境安稳，四海升平，皇上整天沉浸在声色犬马之中，身边的宠臣和小人越来越多。包括方格将军在内的部分正直大臣的话，皇上也再听不进去。还有不少宠臣和小人趁机在皇上面前进谗言，说方格将军如何飞扬跋扈，甚至有谋反之意。皇上也开始不放心方格将军起来……

这时，北方的敌人看到朝廷愈发混乱，便又进犯、掳掠边境。皇上得到战报后，才整了整衣冠，研究对敌作战之策。最后，决定派方格将军率三路大军出战。

方格将军率军到了边境，很快就打了一个胜仗。捷报传来，皇上很高兴，想起十几年前自己刚登基时去边境慰问将士的事情，不禁有些激动，于是决定再次亲去军中慰问。

这一次，皇上到了方格将军大营的门前，守门的兵士看到御驾来了，慌忙就开了营门，让皇上一行人驰马往方格将军的大帐而去。

这时，方格将军身着便服，正和众将研究破敌之策，听到皇上驾到，慌忙率众将出帐来，齐刷刷地跪拜在地，行叩首大礼。皇上下了马，扶起方格将军和众将，道："这是军中，不必行此大礼！"但是，心里却十分高兴。

皇上走后，方格将军的大帐中只剩下方格将军和参军宛余两人时，宛余不解地问："方将军，您一向治军严整、刚直尽职，今天这是怎么啦？"

方格将军长叹了一口气，什么都没说。

不久，北方的敌人再次被方格将军击溃，逃到很远的北方去了。

临回朝前，方格将军看着北方，道："这一次击溃他们，至少会有十年的和平，我也该回乡种地了……"

　　参军宛余吃惊万分，不解地道："我们打了胜仗，将军却怎么萌生出此意？您才五十岁呀！"

　　方格将军抚了抚胡须，意味深长地道："今天的皇上，已经不是十年前的皇上啦……"

叛逆者

冰消雪融，冬天就要过去了。

晴空下，孔丘和弟子们住的茅草屋经受住一冬厚厚冰雪的重压，似乎挺直了起来。

晴空下，阳光照在河柳上，河柳似乎也要钻出绿来了。

一切都慢慢展现出勃勃的生机来，可是，孔丘老师多病的身体却没有跟着变好，甚至来给老师看病的几个大夫都说老师时日不多了。这让一直陪在老师身边的华莱和子贡、子夏、曾子等弟子每每背过脸去，都忍不住偷偷落泪。

然而，华莱的伤心，和子贡等人却是有区别的。华莱是三年前来到老师门下的，比子贡等人来得晚得多，但因他聪明伶俐，同样深得老师的喜爱，和老师不仅有着深厚的师生之情，还有着父子般的深情。因此，他们看着老师要老去，无不异常悲痛。华莱和子贡等人的伤心，不一样的地方则是：老师满腹经纶，思想深邃，在鲁国及其他诸侯国都是影响巨大的大人物，可是，老师晚景为什么却如此凄凉，穿着破旧衣服，住着弟子们自己动手搭建的茅草屋，吃的是粗茶淡饭？……

让华莱还感到伤心的是，老师自知来日不多，时常不禁伤心感叹自己这一生未能把理想实现。一个月前的一个晚上，外面北风呼啸，鹅毛大雪纷纷扬扬地落着。老师和大家吃完饭后，忽然低叹，道："没有一个人理解我呀！"大家都惊异地看着老师，问："老师，您何出此言啊？"老师沉默不语，两行热泪便从眼眶中流了出来。

昨天一早，老师起床后，在弟子的搀扶下，拄着拐杖，来到院子外，忽然泪水滂沱，大声唱道："泰山啊，你要倒了；大梁啊，你也要断了；我这个老头子啊，也快要离世了啊！……"大家听着，也都泪流满面，忙劝老师保重身体。老师却道："人之将去不复还，我心不甘呐！"

华莱不知道子贡他们是怎么想的，可是他却觉得老师说的是真心话。老师这一生学识渊博、思想深邃，本欲进谏各国国君以仁治天下，可是，这些国君虽都礼遇他，却没一个人听他的。老师游历各国，披风沐雨，备尝艰辛，最终落脚在这河畔的茅草屋里，眼看就要奄奄一息了。

华莱就忍不住想：老师这一生声名远扬，可是，他成功了吗？华莱觉得，老师离成功很远啊！成功的人怎会晚景如此凄凉，发出如此呼号？

春和景明的四月十一日这天，老师去世了。

孔丘老师的去世，各国震动，不少国家都派使臣前来哀悼。让很多人都没有想到的是，鲁哀公亲自出席了孔丘老师的葬礼，并悲痛含泪地致祭文道："老天爷啊，你怎么如此狠心，把孔老师就这样带走了啊？寡人感到如此孤独！呜呼，今后但遇困惑，寡人还能向谁求教呀？"

这番话，引得在场的所有人都不禁潸然泪下。其中一个妇人听完，抹着眼泪对身边十岁的儿子说："儿啊，你看孔老师多么伟大，连我们的国君都离不开他。你要发奋读书，将来成为一个像孔老师这样的贤人呀！"儿子一边哭，一遍不住地点头："我一定会努力的。"

华莱听着这对母子的对话，却感到极不舒服：你这个妇人，哪里知道老师这一生的理想从没有真正实现过，最后过的是何等凄凉的日子！如果你儿子老了，内心亦如此痛苦，你悔之莫及呀！

孔丘老师下葬后，子贡、子夏等要留下来守丧三年。华莱却收拾行装，要离开。子贡问他："老师生前也很疼你呀，你怎么如此狠心，老师尸骨未寒，就要离开了？"

华莱忍不住说："我不能像老师这样过一辈子，我要去过新生活。老师这一辈子虽然名声很大，但从没有真正实现过自己的理想，也没有成功……"

子贡一听，十分恼火，上去就打了华莱一巴掌，骂道："大逆不道，你滚！"

华莱这才意识到自己的话的确有些过分了，默默地背着包走了……

二十年后，华莱依靠自己的聪明才智，成了闻名鲁国的大商人。可是，华莱却没有多少快乐的感觉。空闲时，华莱坐在自家的华屋里，就忍不住想起孔丘老师来。他想：自己拥有了万贯家财，难道就代表实现了自己的理想吗？就代表成功了吗？……可是，我并不感到快乐呀，甚至有时候我也感到

很痛苦啊。这和老师的晚景，何其相似呀！

不久，华莱找到了子贡，想给他们钱支持他们办学。可是，子贡等人却全都横眉冷对，坚决不接受，说："你是叛逆者！你的臭钱，我们不要！"

华莱只得低着头回了家。回到家，他突然想起了老师下葬时，被母亲教导将来要成为像孔老师这样的贤人的那个小男孩，便派人四处去寻。不久，还真的找到了。这个小孩已经三十多岁，开了一家学堂，招了不少弟子。华莱提出要资助他扩大办学，他喜出望外，立即就答应了。

于是，华莱就成了这个学堂的名誉校长。没事的时候，华莱喜欢到学堂来转转。每年四月十一日，他也都要去孔丘老师的墓前，去祭拜老师。

慢慢地，他感到了多久都没有过的快乐。这种快乐，让他感到人生是如此的充实……

歌　声

"汤将军，出事了！"一位小校慌慌张张地跑进主将汤将军的帐中。

汤将军正和几位将校商量如何将沈西堡的突厥军全部击败的各种可能方案，他抬起头吼道："紧张什么？怎么啦？"

小校报告道："汤将军，不知怎么回事，北大营里是哭声一片！"

汤将军立即带着几位将校和一队兵士策马赶往北大营，离北大营还有一里路就隐隐听到有哭声传出，越靠近北大营哭声越响亮，还有悲凉的歌声："……大漠穷秋塞草衰，孤城落日斗兵稀。身当恩遇常轻敌，力尽关山未解围。铁衣远戍辛勤久，玉筋应啼别离后。少妇城南欲断肠，征人蓟北空回首……"

汤将军大惊："这是什么歌？军中怎能允许唱这种歌？"

汤将军一行飞马进入营中，北大营的兵士们这才停了歌声，默默抹泪。

"北大营的尚将军何在？"汤将军恼怒地大声问道。

"卑职在。"尚将军惊惶地从人群中走出来。

"军中哭成这样，你是怎么管的？如果敌人突然来袭，你们将有全军覆灭之险，你不懂吗！"

"禀报汤将军，为排遣寂寞，鼓舞士气，我们按照汤将军的命令，今晚举行了篝火晚会，谁料大家唱着歌跳着舞，就唱出了这首歌。我命令他们停唱，可他们不听啊！"

"那还要你这个将军干什么？来人，把他的将印夺了，贬为普通兵士！"

跟随汤将军而来的几个士兵立即将尚将军的将军盔甲摘除，并收缴了大印。随后，汤将军任命跟随他来的一个将军管北大营。

汤将军又问："这首歌是谁先唱的？"

下面没有一个人吭声。

这时，跟随汤将军来的一个士兵禀道："报告将军，这首歌是北大营一名叫高适的兵士写的一首诗，诗名好像叫《燕歌行》，这首诗在北大营流传甚广……"

"高适何在？"

这时，人群中走出一个模样清秀的青年士兵，毫无惧色地道："我就是！"

汤将军厉声责问道："你写这首诗，居心何在？"

高适道："抒怀而已，无他。"

汤将军愤怒地道："先把他羁押起来，调查清楚后再行处理。"随后他下令，以后不允许任何人再唱这首歌，违令者立斩不饶。

经过调查，高适只是一名普通兵士，背景简单，不可能是突厥军的细作。同时，高适在军中写的其他一些诗也都被搜罗出来拿到了汤将军帐中，其中也不乏一些慷慨激昂、令人拍案之作。这个高适还真是个才子呀！汤将军爱才，便把高适留在身边做了一名文书。

汤将军也感到士兵们精神生活确实太过贫乏，应该有一些能激起他们斗志的歌让他们唱，这样，那种靡靡之音才不会再出现。于是，汤将军亲自写了一首诗："边疆广兮策马奔，突厥来犯兮痛击之，保我大唐兮国民安。"并命人配曲，在军中传唱。不久，这首歌就在命令下，成为他们这支军队的军歌。

每每听到各大营休息时或出征前唱起这首歌，汤将军都会不无得意地对高适道："你看，这首诗可比你那首诗流传得广多了！"

高适低头道："将军所言极是！"

然而汤将军走后，高适却都不以为然地冷笑一声……

若干年后，高适成为著名的大诗人。他在淮南节度任上时，一天，他和一位曾与他一起在北大营当过差的诗人饮酒，这位诗人提到当年往事说："您那时所做的那首《燕歌行》，如今在全国是妇孺皆知，将来也一定是能流传后世的呀！而如今已作古的汤将军当初所作的那首口号歌，我们却一句都想不起来了……"

高适淡淡笑了笑，道："口号歌是为了实用，我的诗是用来抒发我内心

的苦闷，是满蘸血泪的！至于能否流传，那不是我追求的。"

一千多年后的公元二零一二年，《燕歌行》被印在课本里，让学生们学习。而汤将军那首口号诗，再也无人能记起。但是，高适早在一千多年前就已去世，他看不到这些，他也不关心这些……

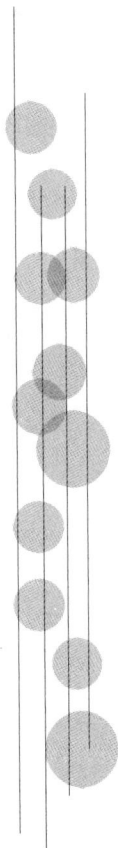

皇上非要贿赂我

我是宰相。

我已年过花甲。

我二十年前进入内阁，做宰相也近十年了。

我不是一个迷恋权力和富贵的人。因此，这个年纪了，我真的很想告老还乡，颐养天年。

可是，皇上却一直不肯放我走。因为他是一个性格有些懦弱又极好面子的人，自己不愿多问政务，又怕落个不理朝政的骂名。而他对我则很倚重、很放心。

事实上，也并非无人可以替代我。荀耀这个人就可以，他还不到五十岁，能力出众，魄力更是无人能及。只是他太过耿直，得罪了不少同僚，还顶撞过皇上，担任副宰相三年后，即被贬到地方上去了。

历朝历代，有权力和富贵的地方，就会有小人。这些年国家没有战乱，水灾旱灾蝗灾等等也不多，皇上对于政务更加懈怠，玩乐之心更大，一些谄媚的小人得到了他的宠信。对此，我多次提醒过他，但收效甚微。

皇上最宠信的一个小人就是大太监封公公。那天，封公公突然向皇上提了一个建议，说："如今天下安泰，歌舞升平，皇上丰功至伟，何不封禅泰山，镇服四海，夸示外国？"

皇上一听，很感兴趣，但也有些不放心，问："封禅泰山不是简单的事，还需天降祥瑞啊！"

封公公笑回道："皇上，历代君王到泰山封禅，之前真的都有什么瑞兆吗？非也，都是人造的罢了！只要皇上说它是真的，谁还敢说是假的呢？"

皇上点了点头……

于是，在封公公的"操心"下，一些"天书"在多地被"发现"，无不

对当今皇上歌功颂德。这些"天书"被·级级官员接力呈到朝廷，我当然也看到了。我虽已老眼昏花，然而不用看，我也知道这都是假的。

皇上提出封禅意图并询问我有何意见时，我答道："劳民伤财，不可。"

我知道皇上心里不高兴，但他并没有再多说什么。

皇上知道我什么都明白，只是不愿意说出来而已，心里十分闷闷不乐。封公公当然也明白皇上的心思，又说："方大人（指我）对皇上一直都忠心耿耿，只要瑞兆继续出现，他最终一定会同意的。"

皇上听完，又点了点头……

不久，全国各地又出现了多种所谓的"瑞兆"。

这天皇上又把我单独叫去，问："如今，这么多瑞兆都出现了，难道还不能封禅吗？"

皇上说这话时脸都快红了，我知道他急切地盼着我点头。

可是，我怎么能违心地那样做呢？我默不作声。

许久，皇上叹了一口气，说："你下去吧……"

可是，在封公公的撺掇下，皇上封禅之心已无法掐灭。他就跟我怄气，称身体不适，多日不上朝，也不见我。

无奈之下，我写了一道辞呈，请封公公转交皇上。

皇上看了我的辞呈，很气愤。封公公则在一旁说："皇上，这不更好吗！他走了，换一个新宰相，难道还会不同意吗？"

皇上却瞪了他一眼，说："他走了，谁来给朕处理政务？别人朕信不过呀！"

封公公不敢再说，他知道我在皇上心中的分量。

突然，皇上脑子一转，想到了一个恐怕是空前绝后的主意……

这天晚上，皇上在御花园里摆家宴，只邀了我一人。我们君臣对饮，除了政事，什么都谈，相谈甚欢。

临别时，满面红光的皇上赐给了我一壶美酒，说："我们君臣很久没有这样开心谈天了，这是宫中珍藏多年的好酒，赐予你一壶，拿回去和家人一起分享吧！"

我连忙谢恩。可是，手捧着这壶美酒，我却感到异常沉重。

我到家后，进了书房，佣人点亮灯出去了。我慢慢打开壶盖，吓了一跳：这哪里是美酒，分明是一壶亮光闪闪的珠宝！这壶珠宝，完全可以在京城置一座很大的宅院！

我诚惶诚恐，心里彻底明白：皇上封禅之心谁都制止不了了！

我只有同意了……

但是，皇上的贿赂，我如何敢要？不久后，太后做寿，我将这壶珠宝作为寿礼敬献给了太后。

在封公公的操办下，封禅的各项事宜紧锣密鼓地展开了。我则在家装病——其实也不完全是装，我确实故意让自己得了病，且似乎越来越重，甚至不能起床了。

皇上得知我卧床不起，亲自来探看。我说："我年老体衰，已不能再做宰相，皇上要趁早另选人呀……"

皇上说："朕最信任你呀！你觉得谁可以做宰相？你给朕推荐几个——"

我泪流满面地说："皇上，您要我推荐几个？"

皇上说："你认为可以的，都可以推荐。"

我说："只有一个人合适——荀耀！"

皇上连忙摆手，说："不行不行，除了他谁都行，就是他不行！"

我说："除了他，臣再也推荐不出第二个人来！"

最后，在我的坚持下，皇上还是决定启用荀耀，毕竟皇上还是知道荀耀是一个有能力且忠心的人。

皇上封禅完成后，才准了我的辞呈，调荀耀回京做了宰相。

荀耀回京几天后，来探望我，并致感谢。

我则摆了摆手，说："你是一个有能力、有魄力的人，可保国泰民安。"

荀耀走后，我又一次流泪了。

这一次流泪，是因为我觉得我对不住荀耀。我知道，这些年，在我的纵容和一些小人的怂恿下，皇上已十分昏聩，表面上国泰民安，其实已弊端丛生。而只有荀耀这样耿直、有魄力的人才能力挽狂澜。可也正因此，我又很担心荀耀的下场……

果不其然，四年后，在一些小人和政敌的陷害下，荀耀被罢了相，发配到了一个穷山恶水的小地方。没过两年，因那里气候恶劣，生活艰难，加之心中郁闷，他的身体很快就垮了下来，次年秋就病逝了。

他比我小近二十岁，却比我先走了。这，都是我害的呀！

善 终

　　旧的王朝被推翻，新的王朝建立了。起义军的大头领当了皇上，有功之臣均被分封，不幸已战死的功臣的后代也给了封赏。周翔通因有大功，被封为颍安侯，不久便带着一批将士去了封地上任。

　　到了封地后，周翔通发现，由于战争影响，这里的很多田地都荒废了，老百姓的生活十分贫苦。于是，他大力号召屯田，发展生产，同时兴修水利，灌溉农田。几年后，这里即变成了富庶之地。同时，他依然十分注重军队的训练，有了更多的钱粮后，军队的武器也不断更新。

　　这时，周翔通的大儿子已经成年，经过几年的学习，已有了很多学问。有一天，他对父亲说："父亲，您为何还像以前那样训练军队，且不断更新武器？"

　　父亲不解地说："我是行伍出身，保家卫国，军队很重要，一旦训练懈怠，兵戈生锈，将来再有战争怎么办？"

　　大儿子耐心地说："可是父亲，您想过没有，您这样做，传到皇城，皇上会不会怀疑您？"

　　父亲哈哈笑起来，说："我和皇上是一个村里出来的，从小玩到大，又一起出生入死，他比谁都了解我呀！再说了，当年他被旧朝到处追杀时，我照顾了他女儿——林夏公主三年呢！"

　　可是，大儿子还是觉得担忧。不久，其他一些王侯以不同的罪名被削爵废为庶人，甚至有的还被诛杀了。大儿子就又劝父亲，应该活得洒脱一些，不要再练兵了，也不要再屯田发展生产了。

　　可是，没念过什么书的周翔通，还是觉得大儿子担心得太多了，说："那些被削爵废为庶人、被诛杀的人，本来对皇上就不够忠心，他们都是咎由自取。我那么忠心于朝廷，皇上比谁都清楚！"

可是，随着时间的流逝，皇上已不是从前的那个皇上了。皇上身边一些周翔通曾得罪过的小人，摸准了皇上的心思，就造谣说新朝建立数年来，天下太平，可是周翔通依然严格训练军队，枕戈待旦，且屯了大量农田，积累了不少粮钱，这不是要造反吗？

皇上最怕的就是这个，他一想：可不是吗？于是，立即就派人查抄周翔通的家。可是，因为没有查抄到其他证据，加之他们曾是一个村里出来的患难兄弟，一时半会儿皇上也不忍杀了周翔通，便一直把他和家人关押在死牢里。

狱吏知道周翔通犯的是死罪，对他就很不客气，常常辱骂虐待他和家人。这时候，大儿子就拿出私藏的金玉等给这些狱吏。

由于得了好处，其中一个狱吏良心发现，就给周翔通出主意说："我其实也知道您没有谋反之心，是奸人在皇上面前陷害您。现在，皇上还没有杀您，说明皇上还在犹豫，我倒是有一个救您的主意……"

"老兄，请讲，将来我如能出去，一定会重金报答您的！"

这个狱吏就说："当年皇上遭追杀时，是您保护了林夏公主几年，而且她也深知您的为人，知道您一定不会谋反的。应该找人去求她向皇上进谏呀，皇上和皇后可是最疼她的！"

周翔通一拍脑袋，说："是呀，我关在牢里，光想着自己如何冤屈，怎么没想到这个方法呢？"

于是，周翔通就奋力撕下一条袖子，让狱吏悄悄去找林夏公主。

林夏公主看到周翔通的一条袖子，当即就哭了出来，立即吩咐下人把狱吏喊进府里。林夏公主含泪对狱吏说："你回去跟颍安侯说，我从来没有忘记过他对我的活命之恩；这些天，我也在怀疑肯定是奸人在陷害他，现在我更确定了。我很快就去跟父皇求情，一定尽快把他放出来！"

随后，林夏公主就先去找了皇后。皇后也一直认为周翔通不可能造反，听了林夏公主的话，就一起去了皇上那里，为周翔通求情。皇上想起小时候和周翔通的情谊以及一起共患难的往事，也突然醒悟到周翔通不可能会谋反，就派人放了他，并官复原职。

再次回到封地，周翔通听从了大儿子的意见，不再去想老百姓吃不吃得饱了，不再想屯田了，也更不再天天严格训练军队了，兵器锈了坏了也不亲自过问了，整天就是喝酒、玩儿；有时候闷了，就拾起起义前在家学的木匠

手艺，做做板凳、床板什么的。渐渐地，周翔通的封地，从全国有名的富庶之地又沦为了全国有名的贫困之地。

听到这些消息，皇上却很高兴，说："我说嘛，他周翔通怎么会有造反之心呢？"

这话从皇城传出来，大儿子先听到了，就去告诉父亲周翔通。周翔通正在刨一块木板，听儿子说完，他什么都没说，又继续刨木板，可是眼泪却掉了出来……

儿子出去了，周翔通自言自语地说："认真做事，竟然不如什么事都不做……天理何在呀？"

不久，周翔通就抑郁而终了……

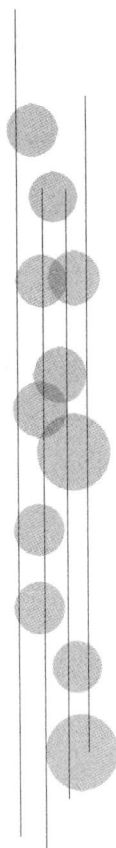

原　　则

　　李大容寒窗苦读多年，三十多岁时才终于中举。由于品行端正、为人光明磊落又有能力，他幸运地得到了吏部侍郎马兆顺的赏识和提拔；当马兆顺当上宰相，他也当上了吏部侍郎，成了马兆顺最为信任的得力助手之一。

　　可是，马兆顺当宰相之前，由于连年和北方两个敌国轮番作战，消耗巨大，加之年辰不好，粮食歉收，百业不旺，国库已入不敷出了。这样下去，国家势必要陷入更大的困境！因马兆顺敢作敢为，皇上任用他做宰相，希冀他力挽狂澜，使国力颓势扭转，蒸蒸日上。

　　于是，在皇上的支持下，马兆顺开始了大刀阔斧改革，削减各级官员的俸禄，并大幅度增加税赋。这一举措，遭到了很多人的反对——尤其是那些达官贵人和大地主，就连普通的老百姓也几乎全都反对，改革阻力很大。但马兆顺深知，不下如此狠手，根本无法扭转江河日下的颓势。即使遭到强烈反对，他也要将改革推行下去！

　　可是，马兆顺没有想到，随着朝野反对声浪越来越大，他的阵营内部也开始出现了异声。其中最让他意外的是李大容也反对他。

　　李大容说："宰相大人，国家陷入了困境，我当然知道。我同意加大税赋，对加大有钱人的税赋没有意见，但是，对加大普通老百姓的税赋我不能同意。这些年，由于战争、灾荒，普通老百姓一直都生活在水深火热中，现在再加大他们的税赋，他们的日子还怎么过？把有钱人的钱拿走一半，他们虽然有极大怨言，但他们照样可以过衣食无忧的日子，可是把普通老百姓的钱拿走一半，他们的日子就没法过了呀！这势必会造成一部分普通老百姓激变……"

　　马兆顺说："如今国库亏空巨大，不这样做，有其他办法吗？"

　　李大容说："可以多增加大地主和达官贵人的税赋呀，普通老百姓的税

赋不能一下子也增加这么多!"

马兆顺说:"你呀你,跟了我这么多年,怎么还如此迂腐?增加达官贵人和大地主的税赋本就引起了他们极大不满,如果不同时增加普通老百姓的税赋,他们岂不更要闹翻天吗?"

随着这些改革政策的实施,各地出现了不少普通老百姓被迫上吊、跳河以及卖儿卖女等等事情。由于皇上在背后支持改革而一直没敢大叫大闹的一些达官贵人借着这些事情,开始向马兆顺发难了,说马兆顺这样的改革是祸国殃民,请求皇上罢免马兆顺宰相一职。皇上见到这么多大臣都激烈反对,也有些犹豫了,但始终没有明确表态。

不久,颍州府发生了农民因不满改革而举戈造反的事件。虽然造反很快就被镇压下去,但这让皇上的改革之心开始动摇了。于是,皇上让反对改革和支持改革的两派人,在朝堂上进行辩论。马兆顺没想到,李大容也站到了反对派那边,和他一起辩论起来。最终,反对派占了上风。

马兆顺意识到,自己的改革就要失败了,回到家就病倒了。

果然,第二天,皇上就下旨免了马兆顺的宰相职务,并把他贬谪到遥远的朱崖去,同时任命了反对派的一个大臣做宰相。马兆顺的人被一个个从朝廷清除了出去,但因为李大容站在了反对派一边,被留用。

朱崖地处南海的一个岛上,十分荒僻,物产短少。马兆顺一家老小几十口人,日子过得十分艰难。因为他是被贬谪之身,不要说在台上的那些人没有敢和他来往的,就是昔日他十分关照的那些部属也都不敢和他来往了。精神上的压抑,加之气候不适,马兆顺很快就病倒了,由于缺医少药,病情日益严重。

李大容得知马兆顺的情况后,忍不住失声痛哭,随后就派人为马兆顺送去了医药和粮食。靠着这些医药和粮食,马兆顺的身体慢慢地好了起来。

李大容送马兆顺医药和粮食的事,很快就让反对派的人知道了,纷纷指责他脚踏两只船,居心不良。李大容则回答道:"我当初是反对马大人的改革,不是反对他这个人。马大人于我有恩,我送他医药和粮食,有何不对?"反对派看他如此不识相,便寻了个不是,也将他贬到地方上任职去了。

过了一年,由于反对改革的这一派掌权,国家陷入了更大的困境中。皇上这才意识到,只有马兆顺才真正能扭转困局,于是又将他接回京城,不久就任命为了新宰相。

马兆顺上任后，很多人都以为他一定会不计前嫌重新任用李大容。可是，一年过去了，马兆顺也没有再启用他，但也没有贬谪或革除他的职务，他依然呆在地方上任职。

一次李大容到京城办事，遇到了仍在中央部门任职的曾经的一个反对派人物，这个反对派就讥笑他说："你看，你救了他的命，他不照样不任用你吗？你当初如果不救他，他就死在那个岛上了，哪还会有今天当宰相的命？而如果当初你不救他，也不会被贬谪到地方上去的。"

李大容哈哈大笑，说："你怎么能理解我呢？我是有做人原则的，不像你们，看他回来了，自知没有办法，只好违心地同意他比以前更严苛的改革，以换取自己的位置……"

辞　　别

　　宰相马兆顺进了相府，到了书房，一个丫鬟奉上了一杯茶来。这时，赵管家进来禀报："老爷，老曹头已经等您两天了，要来向您辞行。"

　　马宰相迟疑了一下，问："老曹头是谁？"

　　赵管家惊奇地说："老爷，老曹头是您的赶车人呀！他为您赶了七八年马车，现在要回老家了！"

　　马宰相这才想起昨天下午坐马车时，怎么觉得赶车的不是以前那个人了呢。他说："快让他进来吧。"

　　一会儿后，赵管家带着一个头发花白的人进了书房。这个人一进来，就打躬作揖，说："老爷，小人老曹头向您来辞行——"

　　马宰相看着老曹头，感到十分陌生：他为我赶了七八年马车，我怎么好像不认识他？他说："哎呀，一晃你为我赶了七八年马车，可我们几乎没有说过什么话。"

　　老曹头回说："老爷您日理万机，我们这些小人怎能还劳您费神呢？"

　　马宰相又问："我没说要换掉你呀，你怎么就不干了呢？"

　　老曹头说："老爷，小人年纪大了，眼神也不好了，干不了了……"

　　马宰相心里一阵感动。然而他看着老曹头，却越看越觉得陌生，便没有什么话好说了，一时气氛就显得有些尴尬。

　　老曹头看到这种情况，也有些失落，不知再说什么好，于是告退了。

　　老曹头转身往外走去，想着马宰相好像不认识自己似的，心里很难受，忍不住眼泪啪嗒就掉了下来。

　　马宰相看着老曹头的背影，才忽然发觉这个背影是如此的熟悉和亲切！这个老曹头真的是为他赶了七八年马车的那个赶车人呐！他内心忽然生出一股感动和不舍之情，忙喊住老曹头，向老曹头致歉。

老曹头如何敢当，忙说："老爷，您不能这么说，小人不敢当！"

马宰相让老曹头坐下来，叙谈了一番，了解了他家里的情况。

最后，马宰相说："你为我赶了七八年马车，没有出过一次事情，真是不容易啊！而这七八年里，你没有求过我什么，我也没给过你什么特殊照顾，现在临别了，你要我为你做点儿什么吗？"

老曹头说："我家里一切都好，没有什么要叨扰老爷的。"

马宰相感慨地说："老曹头，你真是个好人呀！现在像你这样的人，可不多了！"

老曹头忙说："老爷，您光明磊落，办事公道，待人宽厚，严于律己，两袖清风，我们这些下人也深受感染呀！"

马宰相听了，心中又是一阵感动，说："我也没有什么好送你的，就送你一幅字吧。"

于是，马宰相取笔，蘸墨，给老曹头写了一幅字：八年相交话虽少，心清路明情不老。

老曹头十分意外，谢过宰相后，便走了。

看着老曹头慢慢走远的身影，马宰相不禁有些伤感。

后来，马宰相偶尔会抽空亲笔给老曹头写信，问老曹头过得如何，说如果老曹头家有什么困难，只要他能帮上的，一定会尽力帮。可是，老曹头每次都说没什么要紧事劳烦宰相大人。

老曹头年轻时家穷、结婚晚，中年才得子。他回到乡里两年后，儿子才娶了亲。儿子娶亲后，就想有个好前程，于是央求老曹头向宰相大人求个情，给他安排个公家的事做。

老曹头说："我说过多少次，宰相大人在朝为官多年，一身正气，两袖清风，决不会做因私废公的事。他不会答应的，你就死了这条心吧！"

儿子很生气，但也没有办法。

不久，老曹头病了，病得很重。马宰相知悉后，派赵管家亲自代他来看望。可是老曹头没想到，赵管家走时，儿子送给了他几十两银子，要他向马宰相美言美言，希望能给自己安排个公事做。赵管家很生气，当即就把银子扔到了地上，说："宰相大人是什么人，妇孺皆知！我们这些做下人的，虽比不了宰相大人，但也是知道什么事该做、什么事不该做的！"

回到相府，赵管家就把老曹头儿子的作为一并告诉了马宰相。马宰相很生气，说："没想到这个老曹头还很有心计呀，当初我问他有何要求时他说没有，原来他是在这里等着我呢！赵管家，以后我们不要再管老曹头的事了！"

老曹头的病很快就好了。可是，一年过去了，他再也没有收到过宰相大人写来的信。他心里有些难受，这是怎么了呢？……他突然想到，是不是儿子在赵管家来时，说了什么不该说的话？他立即把儿子叫过来责问，但儿子死活不承认，说赵管家走时一切正常。

老曹头心里十分憋闷，就想给宰相大人写封信；但又一想，宰相大人日理万机，也许他是没有时间给自己写信，也没有时间看自己写的信了。于是，便作罢了。

又过了半年，依然没有马宰相的信来。老曹头心里更加难受了：难道马宰相真的忘了自己？慢慢地，老曹头就坐下了心病，没多久就去世了……

老曹头一去世，他儿子感到更没指望了，一气之下就把马宰相给他父亲写的那幅字拿出去卖了五百两银子。

过了没多久，赵管家在一个书画店里看到马宰相给老曹头写的那幅字，很是吃惊，就买下来拿回相府，汇报给了马宰相。

马宰相异常生气，说："这个老曹头啊，真可恶！算了，不去管他了，以后关于他的事，也不要再向我汇报了。"

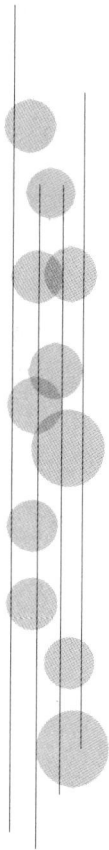

悄悄逃离

吏部尚书庞卫的恐惧，日甚一日！

如今的皇上，整天躲在宫中，只肯听好话，而不愿听真话，和当年那个亲征突厥、英明神武的皇上似乎根本不是一个人了！全国盗匪（起义军）四起，然而，当庞卫等部分大臣直言某城失陷时，他会大不悦，责问道："怎么可能？你们简直是胡说八道！"一些过于执拗直言的大臣，甚至遭到了砍头的下场。而一些佞臣说叛乱盗匪正逐渐被剪除时，他则喜形于色，说："我说嘛，那些盗匪怎能敌过朕的官军？"

在皇上的自欺欺人中，全国盗匪叛乱不减反增，其中实力最强的一支盗匪正步步逼近京城。庞卫愈加确信，这个王朝离灭亡已经不远了！他已年过七旬，死不足惜，可是他的几个也在朝中各部为官的儿子以及二十多个孙辈，将来怎么办？

这天，庞卫听说昨晚皇上竟命令宫中除卫士外所有人等都和他一起捉萤火虫玩，他的这种恐惧感更加强烈起来。这说明了什么？这说明，皇上虽然不愿意听到坏消息传来，但其实内心里已经深深地恐惧了。这多么可怕！

庞卫决定孤注一掷……

这天早朝，皇上姗姗来迟，问大将军华文秦："如今，天下盗匪情况如何？"

华文秦说："已经大大减少了。"

皇上问："减少到何种地步了？"

华文秦说："已不足过去的十之五六。"

皇上显得很满意，松了一口气。然而，他又实在不放心，便问一向敢于直言的庞卫："你了解的盗匪是什么情况？"

庞卫战战兢兢地出列，回奏："我并非兵部官员，不知盗贼的具体数字。

不过，我却听说盗匪的祸患距京城是越来越近了！"

皇上大吃一惊，说："你何出此言？"

庞卫说："现在，离京城只有三四百里远的谷水府的赋税都收不上来了，难道这还不是铁证吗？如今，陛下听的很多情况都不是实情，于是导致一些举措失当……"

皇上一听，十分恼怒："大胆，你怎敢如此胡说八道！"

庞卫回说："难道我说的不是事实吗？"

皇帝让他住嘴，庞卫这才闭了嘴。皇上站起身，拂袖而去……

退朝后，一直和庞卫交好的一位官员不解地问他："庞大人，您明明知道皇上听不得真话，为何还如此直言不讳？如果您不是三朝元老，今天恐怕……"

庞卫默然了一会儿，说："大家都不说真话，最后的下场……"说到这里，他没再继续说下去。

那位官员明白他说的是什么意思，也重重地叹了一口气。

没几日，便到了端午节。朝中文武百官纷纷给皇上献来了各种珍玩。可是，庞卫却献上了一本《尚书》。皇上当时很不解，但也没怎么往心里去，就随手把书扔到了一边。

次日，一位一向和庞卫不和的佞臣觐见皇上，说："皇上，您知道庞卫送您《尚书》是何意吗？"

皇上眼一斜，问："何意？"

这位佞臣道："《尚书》中有《五子之歌》，讲的是夏朝国君太康荒唐无度、奢侈享乐，导致社稷败亡、出现'太康失国'之事。庞卫这是借此影射皇上，此乃大不敬啊！"

皇上联想到前些天在朝堂上庞卫说的那番话，觉得这位佞臣说的很有道理，便立刻传旨叫庞卫进宫。

庞卫看到前来传旨的太监神色严峻，心里已经明白了几分。他没有慌张，倒露出了一丝别人不易察觉的笑容。

庞卫进到宫中，皇上就责问他送《尚书》究竟何意。

庞卫说："臣没有别意，只是盼皇上社稷永固。"

皇上发火道："你是将朕比作太康吗？"

庞卫表现出一副畏惧状，忙跪下，说："臣不敢！"

皇上立即下令免去庞卫一切官职。

庞卫大声喊冤，辩解说："臣没有此意呀！"

皇上更加恼怒，说："你还敢嘴硬?!"

庞卫低着头，过了一会儿，乞求道："臣已年老昏庸，但请皇上看在臣服侍过两位先皇的面上，不要为难我的几个儿子了！"

皇上一听，火更大了，说："你为老不尊，我看你那几个儿子也好不到哪里去！"随即又将庞卫几个儿子的官职也一同免了……

庞卫回到家中，几个被一同免去官职的儿子也都回来了，不禁都痛哭起来……

庞卫也显出悲戚状，拍了拍几个儿子的肩膀，但却什么话都没有说……

庞家父子本想回老家去，但局势越来越混乱，他们已有老家难回了。没过两天，大量的难民也蜂拥进了京城。一时间，京城更加混乱，吃的也没有多少了。庞卫令几个儿子将家中钱财拿出来买粮食，广施善粥……

几个儿子都十分不理解，说："我们现在已无俸禄，多年来就积累了这么多钱粮，施舍出去，将来您养老以及我们这一大家人的生活怎么办？"

庞卫发怒道："按我说的去办！"

几个儿子拗不过父亲，便去办了。

三个月后，起义军打进了京城。皇上在宫中自缢而亡，各级大小官员纷纷溃逃或被杀、被抓……

起义军来到庞卫家大门口，要进去搜罗财宝。很多老百姓护着不让这些起义军进去，并说庞家父子都是好人，他们的钱财也都拿出来救济难民了……

起义军首领了解到情况后，便命令手下不准骚扰庞家。

不久，新的王朝建立起来了。百废待兴，朝中尤其缺乏有治国经验的人才，庞卫的几个儿子受到了重用。

看到这一切，庞卫安心地含笑九泉了……

等　人

从前，有一个富家公子，他不但十分贪财，还死要面子。

一天，姑姑病了，他奉父亲之命，带着礼物去看望姑姑。因为是夏天，天气炎热，为了能尽快到姑姑家，他走了一条人们很少走的小路。

突然，他在路边看到了一个鼓鼓囊囊的钱袋子，心中不禁大喜：里面一定有不少钱呐！这下子，可又要发一笔小财了！看看左右无人，他便要弯腰去捡。突然，他又停住了，心想：我可是富家公子，怎么能亲自弯腰去捡呢？不行，我得等一个人来，让别人帮我捡，大不了我给他两个赏钱就是了。

因为这是一条偏僻的小路，很少有人走，大概过了两个时辰后，才有一个打柴人从此经讨。这个富家公子立即喊住这个打柴人，说："这个钱袋子是我的，你赶快帮我捡起来吧。我会赏钱给你的。"

这个打柴人狐疑地看了看这个富家公子，说："你坐在那里，为什么不自己捡？"打柴人怕其中有诈，转身就走了，无论这个富家公子怎么喊，都没有回头。

这个富家公子心里很是不快。他看到天快黑了，估计今天不会再有人从此经过了，于是就想，干脆自己弯下身子去捡吧。可是，他刚弯下身子，又觉得自己不能亲自去捡。自己亲自捡，哪还有富家公子的尊贵？

于是，他又坐下来等，等人来替他捡这个钱包。

天很快就黑了，除了刚才那个打柴人，再也没有一个人来过。这时，这个富家公子急了：这可怎么办？他突然又想，是不是回家去喊一个仆人来，替自己捡这个钱袋子？可是，他刚走开两步，又担心起来：如果我走了，马上正好有人从此经过，把钱袋子捡走了，自己岂不是白忙活一场？如果这件事传出去，岂不让人笑掉大牙？

于是，这个富家公子决定不走了，留下来继续等人。今晚没人来，就等

到明天天亮。明天白天，还能没有人来吗？

谁知，这天夜里突然下起了大雨。下了整整一夜。这个富家公子没有地方躲，被雨淋病了。第二天天亮，倾盆大雨又接着下……

虽然中午雨停了，但因为刚下了大雨，这条小路更加泥泞不堪，直到晚上，这个富家公子都没有等到能替他捡这个钱袋子的人来。

到了晚上，这个富家公子病得更厉害了，说起了胡话。但是，他依然坚强地坐在那里，等人来替他捡那个钱袋子……

第二天一早，当这个富家公子的父亲带着仆人找到这个富家公子时，这个富家公子又病又饿又累，已经奄奄一息了。

这个富家公子的父亲慌忙让一个膀大腰圆的仆人背起这个富家公子，要赶回家去医治。这时，这个富家公子突然眼睛大睁，挣扎着说："你们，替我把钱袋子捡起来呀……"

这时，父亲和一众仆人才发现地上有一个几乎已经被泥糊掩埋住的钱袋子，于是一个仆人慌忙将这个钱袋子捡起来，交到了这个富家公子手里。这个富家公子慢慢地打开钱袋子，发现里面哪里是什么钱，而是几摊狗屎！

这个富家公子气急攻心，仆人还没有将他背到家，就一命呜呼了……

这是谁的财富

高海根出生在一个商人家庭，父母对他疼爱有加，视作掌上明珠。他小时候受到了良好的教育，尤其喜欢画画。

然而好景不长，高海根十一岁时，父亲因为生意遭遇重大失败，投河自尽了。家里剩下的唯一财产——房子，也很快被债权人夺走了。随后不久，母亲也抑郁而终。十多岁的高海根，成了一个流落街头的乞儿。

后来，一对夫妇收留了他，本指望让他干些活为家里挣点儿钱，可是他除了画画，一无所长，手无缚鸡之力。两年后，这对夫妇看到从他身上实在榨不出什么油水，就把他赶出了家门。他又流落到了街头。

没有办法，他赊欠了一些颜料和纸张，在街头以卖画为生。可是，一个流落街头的孩子的画，有谁会喜欢呢？因此，他有时几天都卖不出一张画，依然要靠乞讨维生。

几年后的一天，一个小男孩经过他的画摊前，看到他，忽然惊讶地张大了嘴巴，忍不住问："你叫什么名字？"

"高海根。"

"你真的是高海根？！"

"当然是。"

小男孩显得更激动了，说："你的画，是世界级的名画啊！"

高海根还从来没有遇到过如此侮辱自己的人，他收拾了画摊，就走了。小男孩跟着他，说："嗨，我说的是真的。你手里的那幅《土豆》，价值上亿！"

高海根还是不搭理他。

那个男孩感到没趣，就不再追了。

这天晚上，高海根饿着肚子，躺在街头数星星。突然，他失去了生活下

去的全部勇气，捡起一根绳子，吊到一棵树上，要自杀。

这时，白天见到的那个小男孩，像天使一样挥着翅膀，突然降临到他身边，救下了他。

高海根诧异地看着这个小男孩，问："你……怎么是你？"

小男孩说："实话告诉你吧，我不是人类，我是天使，叫兰蒂斯。我还知道，你将来一定会有大出息的。"

"你真是天使？"

"当然！"

高海根相信了他。

小男孩说："你怎么如此想不开要自杀呢？"

高海根忍不住掩面而泣，说："我除了画画，什么都干不了，每天连饭都吃不饱，我有什么用，还活着干什么呀？"

小男孩说："你好傻呀！你知道吗？你将成为世界级的大画家，你的很多作品都将以数亿美元来计价！"

高海根惊奇地睁大了眼睛，说："真的吗？"

"当然是真的，我干吗要骗你？"

高海根活下去的勇气，就这样被鼓起来了。

随后的十多年间，他更加努力地作画，卖出的画也多了起来，然而刨掉吃穿住，每个月就不剩什么了，日子过得依然紧巴。他先后爱上了几个女孩，可是这些女孩看到他十分穷酸，没一个人正眼看他一眼。不久，一场突如其来的大火，又把他所有的家当都给烧了，他的生活又变得异常窘困了。

已三十岁的高海根感到绝望，痛不欲生，又要上吊自尽。这时，那个小男孩又来到人间，救了他。

可是，这次高海根却没有领情，说："你是个骗子！我根本不可能成为什么世界级的大画家，连成为本地一个著名画家都不行呀！"

小男孩赌咒说："我没有骗你！不信，我可以带你去看看你那幅《落寞的女人》以三亿美金成交的拍卖现场……"

"好，你带我去！"高海根赌气地说。

于是，小男孩就带着高海根飞翔起来，一会儿就来到了一座富丽堂皇的大厦里一个拍卖会现场。会场里，男的个个西装革履，女的个个珠光宝气。拍卖师让工作人员小心翼翼地抬出高海根那幅《落寞的女人》上了台，说：

"这幅画是世界级著名画家高海根最具有代表性的画作之一，是他失恋后的精心力作，起拍价一亿美金。"

随后，竞拍者一路喊价，最终以三点二亿美元成交。

高海根异常兴奋，鼓起了继续生活下去的勇气。

可是，五年又过去了，由于画作依然乏人问津，收入微薄，他营养不良，身体每况愈下，也无钱医治。

他似乎感到了死亡的来临。这时，他又想到了那个天使兰蒂斯，他恨恨地想：他一定是用障眼法，给我制造了一个虚幻的场景，他是在欺骗我呀！

正想着，那个小男孩忽然又降临到了他的身边，辩解说："我没有欺骗你，那个场景是真的！"

高海根悲愤地说："胡扯！我现在都快要死了，可是依然穷困潦倒呀！"

小男孩也忍不住流下了眼泪，说："对不起，只是我忘了告诉你，我上次带你去看的那个场景，是在一百年后。你的作品将在你死后二十年在本国声名远播，你死后五十年将被公认为世界级的美术大师，你死后一百年你的多幅作品都将超过亿元美金。"

高海根猛地从床上跳起来，要把屋里所有的画都撕烂，说："一亿美金，三亿美金，哈哈哈，这是谁的财富？这不是我的！再高的价格，对我来说又有什么价值?!"

小男孩忙拉住他，说："这都是你的心血呀，你撕了，自己不心痛吗？"

高海根的手，无力地垂了下来……

两年后，高海根在困苦中死去。

二十年后，高海根和他的画作果然在本国声名远播；五十年后，高海根被公认为世界级的美术大师，画作价格已翻了不知多少倍；一百年后，高海根的多幅作品价格都超过了一亿美金……

可是，这些和高海根全都无关了。

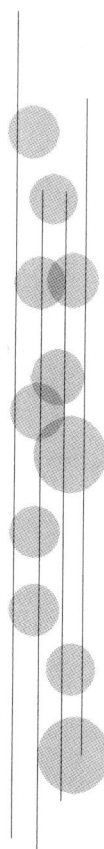

善心不是用来换钱的

"请您买下吧！这幅画真的有无以伦比的收藏价值，若干年后市价会达到百万、千万以至上亿美金。"高海根站在一户人家的大门前，对这家主人请求说。

此时，天色已黑，昏暗的街灯渐次亮起来。从昨天晚上起，高海根就没有吃过东西了，已饿得头昏眼花了。平时，他都在街上摆摊卖画，可是这几天却一幅画都没有卖出去。于是，今天一早，他就出门挨家挨户去卖这幅画，但仍是没有人肯买。

这已经是他敲开的第九十九户人家的门了。他热切地渴盼这户人家能够买他的画，哪怕只能赚到够买一碗面吃的钱，他也愿意出手。

可是，这家主人和其他九十八户主人一样，看了瘦削、邋遢的他一眼，又看一眼他手中的画，哼了一声："神经病！"就"砰"地关上了大门。

这时，一直隐身跟在高海根身后的好友——小天使兰蒂斯现身了，说："算了，他们这些人是不识货的，我带你去吃饭吧。"

"不，我今天一定要敲开第一百家的门才甘心，我不相信就没有一个人愿意买我的画！"

兰蒂斯叹了一口气，说："那就看看这最后一个运气吧。"

高海根携着他珍爱的《落寞的女人》这幅画，跟跟跄跄地往隔壁一户人家走去。

高海根敲开这户人家的门，这户人家的主人亦轻蔑地看了他一眼，又看了一眼他手里的画，说："你等等——"然后，转身回屋去了。

高海根一阵激动，对隐身在他身边的兰蒂斯说："你看，终于有人要买我的画了！"

兰蒂斯说："希望他真的是欣赏你这幅画想买下来……"

过了一会儿，这家主人拿出一碗剩菜和两个剩馒头，递给高海根，说："拿去吃吧。"

高海根一下子脸涨得通红，说："我不是要饭的。"

这家主人说："看你饿成这样，还不是要饭的？那么，我是要饭的喽？"

高海根愤怒极了，把剩菜和剩馒头"嘭"地摔到了地上，转身就走，由于太过于愤怒，他转身时差一点儿就摔倒在地。

兰蒂斯说："我带你去吃饭吧。你再不吃饭，就要昏倒了！"

"不！我不是要饭的，我是一个画家，我是靠我的作品来吃饭的！"

"你不要固执了，先吃了饭再说吧。"

"不，我还要再敲开一户人家的门，我相信奇迹会出现的！"

高海根来到另一户人家，敲门。

是年轻貌美的女主人开的门，她和气地问："有什么事吗？"

高海根说："我是一个以画画为生的人，最近生意不好……我已经一天一夜都没有吃东西了……请您相信我，这幅画有无以伦比的收藏价值，若干年后市价会达到百万、千万甚至上亿美金。"

女主人笑了起来，说："你真是一个善良的人，连说谎都不会……"

"不，我说的是真话。不信，你可以问问兰蒂斯。兰蒂斯——，你在哪儿？"

小天使兰蒂斯就现了身，对女主人说："您好，我是小天使兰蒂斯，我能够预知未来。他说的是实话。他叫高海根，他将会成为全世界最著名的画家之一，只是他现在的遭遇很不幸，没有人欣赏他的作品，因此，现在能得到他的任何一幅画，将来都会升值巨大，这幅《落寞的女人》更是价值连城。"

高海根说："我们真的没有骗你！"

年轻的女主人笑了笑，说："那，你这幅画，要卖多少钱？"

高海根的眼睛一下子变得异常明亮起来，说："这幅画的颜料等成本是五十块钱，我想卖一百块钱。行吗？"

女主人说："好吧，就一百吧。"说着，掏出了一百块钱给高海根。高海根兴奋地把画递给女主人，接过钱，深深地向她鞠了一躬。

兰蒂斯和高海根临走时，提醒女主人："记住，一定要好好珍藏这幅画，您会得到丰厚回报的！"

女主人又笑了笑，和他们摆手再见。

因为家中的墙上已经挂了很多画，女主人回到屋里，顺手就把这幅画放到了储藏室。两年后，女主人收拾储藏室时，这幅画就和其他东西一起当废品处理了……

几年后，高海根在困苦中死去。二十多年后，高海根和他的画突然名声大噪，一幅普通的画价格也以十万计了……

这天，已是中年妇女的原来那个年轻貌美的女主人在家看电视时，看到一条新闻：高海根名作《落寞的女人》公开拍卖，最终的成交价是一千万美金。她看到那幅画时，感到十分眼熟，心中不禁一悸：这不是二十多年前她买过的那幅画吗？那个卖画的自称高海根！

第二天，这位女主人去了墓地，看望二十年前去世的高海根。她给高海根献上了一大束花，眼泪便流了出来……

这时，小天使兰蒂斯也来到了高海根的墓前，看到这位女主人，一下子就认出了她来。她也认出了兰蒂斯，惊讶地说："这么多年，你都没有变，原来你真是天使啊！当初，我以为你们两个是骗子呢。"

"那，您为什么还买了那幅画呢？"

"因为当时我看到高海根是真的很饿，我只是想让他有尊严地吃上一顿饭。"

兰蒂斯也看到了不久前《落寞的女人》拍卖的新闻，说："您真是一个好人，那幅画您应该珍藏下来，如果您一直珍藏下来，那一千万美金就是您的了！"

女主人淡淡地一笑，说："对我来说，这算不上什么损失……"

兰蒂斯说："那可是一大笔钱！"

女主人又淡淡地笑了笑，说："我买那幅画，不是为了将来升值得到这笔巨款，我只是出于善意，想让他有尊严地吃上一顿饭。"

停了停，她又说："善心不是用来换钱的……"

52分和25分有区别吗

　　狗吠吠是森林第五联邦共和国比尼市市长狗汪汪的独生宝贝儿子。从小，家里人就娇生惯养他，让他养成了天不怕地不怕的性格。他整天只知道到处疯玩，一刻都不消停。无论采取什么方法，都无法管得了他。后来，经医生检查，发现他有"多动症"。

　　羊欢欢是比尼大学教授羊咩咩的儿子。可是，让人意外的是，羊欢欢从出生起，就显得很笨拙，很多东西别人一学就会，他却好久都学不会。后来经过医生检查，确认他患有"愚笨症"。

　　因为羊咩咩和狗汪汪多年来关系一直不错，加之两家又同住在一个小区里，狗吠吠和羊欢欢就时常在一块儿玩。虽然羊欢欢有些愚笨，但狗吠吠却很喜欢他的愚笨，因为这样自己显得更加聪明，而且还可以没事时和小伙伴们一起捉弄捉弄他。因为愚笨，羊欢欢就显得很憨厚，整天跟在狗汪汪身后，有时候还受到他们的戏耍，但他也不觉得有什么不快。

　　森林第五联邦共和国没有幼儿园设置，他们到了上学年龄，就直接上小学，两人被排在了一个班里。狗吠吠依然是玩心不改，作业不好好做，学习成绩很差，而羊欢欢虽然学习很用功，但接受得很慢，学习成绩也是很不佳。第一学期结束，狗吠吠的语文、数学两门功课，都只考了25分，而羊欢欢的这两门功课都只考了52分。羊欢欢拿到成绩单，愁眉苦脸，觉得很不好意思，而狗吠吠却毫不在意，好像这个分数跟自己无关似的。

　　班主任牛黄黄批评狗吠吠说："狗吠吠同学，你是一个很聪明的孩子，可是，你的成绩竟然还不如愚笨的羊欢欢，真是不应该！"

　　狗吠吠依然是无所谓的样子，说："我考25分，他考52分，有什么区别吗？都是不及格嘛！"

班主任知道他是市长的儿子，也不好多批评他，就不再说了。

回家的路上，狗吠吠问羊欢欢："你说，我考 25 分，你考 52 分，有什么区别吗？"

羊欢欢想了想，说："当然有了，我的分比你的高啊！"

狗吠吠则不以为然地摇了摇头，说："高那几分有什么用呢？还不都是不及格！没有区别的！"

羊欢欢想了想，觉得狗吠吠说的也的确是事实，说："也是啊。"

可是，羊欢欢在父亲羊咩咩的开导下，还是努力地学习。而狗吠吠的父亲和母亲都太忙，根本没时间过问他，狗吠吠在学习上依然是吊儿郎当。

当第二学期结束时，羊欢欢的语文、数学两门功课分别都上升了 1 分，考了 53 分；而狗吠吠的这两门功课则分别下降了 1 分，都是 24 分。

班主任牛黄黄在班里念他们的成绩后，把他们都归入了成绩不及格的行列里。

放学时，狗吠吠和羊欢欢又一起回家，狗吠吠对羊欢欢说："你每天花那么多工夫学习，有什么用呢？你不还是和我一样，都属于不及格行列吗？"

羊欢欢低着头，说不出什么话来……

森林第五联邦共和国的小学是两年制，共 4 个学期。羊欢欢依然努力地学习着，每学期的分数都会上升 1 分，而狗吠吠依然只知道吃喝玩乐，每学期的分数也都会下降 1 分。到他们小学毕业会考时，羊欢欢的语文和数学分别考了 55 分，而狗吠吠的这两门功课的成绩则分别是 22 分。

狗吠吠笑话羊欢欢说："你看，我快乐了两年，你辛苦了两年，可到头来，你还是和我一样都是不及格。"

因为森林第五联邦共和国实行五年义务教育制度——小学两年、中学三年，狗吠吠和羊欢欢都就近上了同一所中学。

狗吠吠因为有个好爸爸，将来找工作不是问题，他依然是不好好学习，每学期的分数依然都会下降 1 分；羊欢欢呢，在父亲的督促下，仍刻苦学习着知识，每学期的分数都会上升 1 分。到他们中学毕业考大学时，羊欢欢的语文和数学分别考了 61 分，而狗吠吠的这两门功课的成绩则分别是

16 分。

　　而这一年大学招生，最低录取分划在了语文、数学都是 61 分，羊欢欢不仅成功地脱离了不及格的行列，还进入了大学校园深造。

　　这时，狗吠吠才深刻地感到，他和羊欢欢已经完全不是一样的人了……

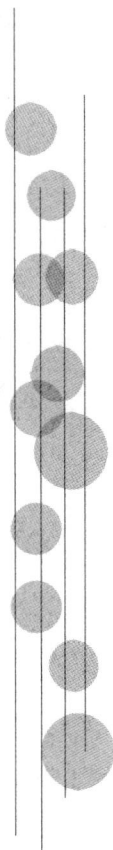

精神损失费

周六早上，羊咩咩吃完饭，关了手机，上了阁楼，坐到临窗的椅子上，沐浴着初春温暖的阳光，展开一本书读起来。还没读多会儿，突然听见妻子温顺羊不满地大声喊他。

羊咩咩下了阁楼，不解地问："什么事？"

温顺羊把一封刚收到的信件愤怒地打到羊咩咩怀里，说："看看吧，都是你干的好事！"

羊咩咩狐疑地展开信，一看，愣了：这是一张银行邮寄来的信用卡对账单。账单显示，他欠了银行 192.58 元利息！

他想了半天，忽然大笑起来，说："哎呀，一定是银行弄错了！去年年底，我们买家具时刷卡消费了 13004 块钱，还款期到之前我往信用卡里存了 13000 块钱，只有 4 块钱的零头忘记还了，利息怎么可能会有 192.58 元？"

羊咩咩和温顺羊随后就来到了这家银行的一个营业网点。他们把情况说明后，不料，银行服务小姐却依然斩钉截铁地说："账单没错，你们是欠了 192.58 元利息！"

温顺羊和羊咩咩都大吃一惊，问："只欠 4 块钱，也只有 3 个多月，利息竟然有 192.58 元，还没有错？你的脑子坏掉了吗？"

银行服务小姐也火了，说："你们的脑子才坏掉了！你们有没有一点儿常识：我们银行实行的是全额罚息，虽然你已经如期偿还了 13000 元，但 4 块钱的零头你们没有还，计息时是要全额计息的，因此利息就是 192.58 元！"

温顺羊十分气愤，觉得这太不讲道理了，就和银行服务小姐大吵了一架，回到家病倒了。花了 2000 多块钱医疗费，温顺羊的身体才慢慢好起来，但精神依然有明显的抑郁倾向。

羊咩咩也是气得浑身筛糠，就忍不住在网上把自己的遭遇爆了出来。这个帖子传播很广，不少网友都声援他。一位律师还说，银行此举属霸王条款，严重有失公平，应该去法院告它。

精神上得到鼓励的羊咩咩就向法院写了诉状，要求判定这家银行全额计息违法，并要求银行赔偿妻子医疗费2000多元，同时赔偿他和妻子精神损失费1万元。

法院受理了羊咩咩的提告。可是，不久后法院的判决却让他大吃一惊。法院判决羊咩咩败诉。理由是：信用卡协议中载明了这一事项，作为消费者羊咩咩理应知道；银行此举是为防范信用卡风险、减少和遏制恶意透支及套现，目的并无不当。

羊咩咩当然不能接受这个判决，立即又向上一级法院上诉。可是，上一级法院以同样的理由维持了原判。二审是终审，羊咩咩和温顺羊虽然不服，但也再没有任何办法了。

让羊咩咩没想到的是，几天后，他竟然收到了法院的一张传票。该银行向法院告了他，说他在网上发布的那些内容，给该行的社会声誉造成了严重影响，要求判令羊咩咩立即将帖子删除并道歉，同时要求他们赔偿该行精神损失费——因为羊咩咩是消费者，出于人道主义考虑，他们只象征性地要求赔偿1元。

很快，法院的判决结果下来了：银行胜诉，羊咩咩要立即将帖子删除并道歉，同时赔偿该行精神损失费1元。

温顺羊听到这个结果，又大病了一场。过了半年，两个人的精神才慢慢地恢复过来。

这天晚上，两人在家看电视台的一档法制节目。这期节目说的是本市女星羊冰冰状告本市某报社的事。去年5月21日，某报刊登了《羊冰冰、狼酷酷想"婚"了——爸妈不同意，可能要私奔》一文，羊冰冰看到报道后，十分气愤，将该报社告上了法院，要求停止侵权、消除影响、赔礼道歉并索赔经济损失和精神损失费等200万元。最终法院认定，该报道严重失实，造成羊冰冰社会评价降低，给其名誉带来严重损害，判决某报在判决生效后7日内刊登致歉声明，并向羊冰冰赔偿12万元精神损失费。

羊咩咩不解地说："这条消息刊登后的第二天，羊冰冰以及相关人员就出来澄清了，大家就都知道了真相；而且，第三天她出席一个商业活动时，

笑容满面，精神亢奋，她有啥精神损失呢？"

温顺羊说："唉，她是名人呀，别人当面骂她一句，她就有严重的精神损失。我们是小老百姓，就是让人暴打一顿，也没有精神损失……只有他们有尊严，我们小老百姓哪里有什么尊严？"

雕　　像

比尼市要建一个博物馆。

由于比尼市是一个历史悠久的城市，古代遗留文物特别丰富，在整个森林第五联邦共和国所有城市中都堪称数一数二。因此，这个博物馆建设要求很高，建成后将成为这座城市的标志性建筑之一。为此，比尼市政府从全国选聘设计师，并聘请了全国最好的几家建筑企业。

那是一个全民都一致信仰劳动最快乐、劳动最光荣、劳动最幸福的时代。因此，参加建设的建筑企业和工人师傅们感到非常骄傲，而且充满了责任感和干劲。在不分昼夜、辛勤的劳动中，涌现出了不少先进班组和先进人物。其中，牛奔奔带领的木工青年突击队名气最大，他们不仅敢于、善于打硬仗，而且创造了不少新的施工方法，大大提高了工作效率。

当一年半后这座博物馆建成时，其恢弘的气势、精美的装饰，得到了市长以及全市百姓的交口称赞。为了表彰建筑工人为这座博物馆的建设所做出的卓越贡献，市政府决定，以牛奔奔为原型设计一座工人雕像，立于博物馆门前的广场上。

起初的数年，每到动物世界劳动节，比尼市就在这座博物馆门前的广场上举行庆祝大会。因此，整个城市的市民没有不知道这个雕像是谁的，也没有一个市民不崇拜、仰慕牛奔奔的。

十几年后，新来了一位市长。这位新市长到市博物馆视察，看到了门前广场上的那座雕像，很不解，便问其故。博物馆馆长羊咩咩说，这是当年为建设这座博物馆立下汗马功劳的牛奔奔，并介绍了当年建筑工人加班加点建设这座博物馆时热火朝天的情景。新市长听了，很是感慨，向雕像深深地鞠了一躬。

又过了十多年，人们都热衷于挣钱去了，博物馆开始冷落。牛奔奔的雕

像也没有人再去管了，上面脏兮兮的，有些地方还有了一些破损。而博物馆里的老人也渐渐退休，新来的年轻人大都不知道门前广场上那座雕像究竟是怎么回事、是为什么建的了。大家都觉得，博物馆这种文化单位的大门口矗立着这么一个雕像，实在不伦不类。有人就提议予以拆除。

但是，现任博物馆馆长鹿茸茸当年是博物馆的年轻研究员，他了解真相。他说这座雕像不能拆，并向大家介绍了当年的情景。大家听了，都觉得很是陈旧、乏味，毫无意思。但既然馆长这么说了，大家就都不好再说什么了。

又过了几年，馆长鹿茸茸也退休了。从外面调来了一个新馆长鹅代代，这个馆长很年轻，而且有魄力。看到博物馆很冷清，干部职工的福利也不好，他决定把博物馆门前的广场改成收费停车场——这些年由于汽车数量增加迅速，"停车难"困扰着很多市民。因为牛奔奔的雕像有些碍事，就有人又提议将这个雕像拆掉。

新馆长鹅代代不太了解这个雕像的背景，也觉得这个雕像确实有些不合时宜，有些不伦不类、莫名其妙，应该拆除。听到鹅代代馆长表示同意，大家都很高兴。

可是，第二天开早会时，鹅代代却突然又郑重地说："这个雕像不能拆！"

大家都很惊诧：一个领导，怎么能如此反复、出尔反尔呢？

鹅代代凝重地问下面的馆员："我们是什么单位？"

"博物馆啊。"大家一起回答说。

"博物馆是干什么的？"鹅代代馆长又问。

"是陈列文物，记录历史的。"

"那么，大家想一想，那座雕像，难道不是我们该铭记的历史吗？"

大家一听，都愣了。

原来，昨天决定拆除那座雕像的会议结束后，鹅代代忽然又感到不放心：一座工人雕像，为什么会矗立在博物馆门前呢？其中是不是有什么故事？于是，他去找了上一任馆长鹿茸茸，鹿茸茸告诉了他那座雕像背后的故事，说："作为记录历史的博物馆，我们怎么能抹杀历史呢？"这让鹅代代既感动又惭愧。

鹅代代馆长继续对大伙说："劳动最快乐、劳动最光荣、劳动最幸福，现在社会上可能有不少人不一定认同了，但是作为博物馆，我们应该记住：

曾经有一个时代，这是人们最崇高的信仰。"

当天上午，鹅代代带着人去为那座饱经风雨、还有些破损的雕像进行了细致的清洗。不几日，在这座雕像下面还树起了一块石碑，碑上写着这么几个大字：劳动最快乐、劳动最光荣、劳动最幸福。

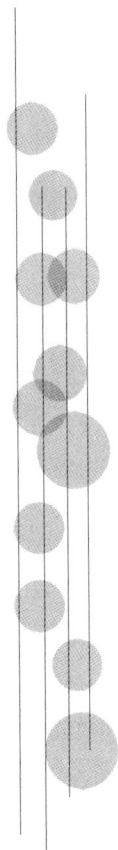

大　　腕

年龄越来越大，老山羊回想往事时，叹息也越来越多了。他叹息的是，作为一名作家，他的成绩太小了！

老山羊从十几岁就爱好文学，二十多岁开始发表作品，一直到前几年停笔，发表和出版了不少作品，虽然在省内和本市有相当的影响，但在森林第五联邦共和国的影响却不大。现在回想起来，他三十五岁那年出版长篇小说《爱玩的孩子》，已经是他文学创作的最高峰了！那本书在全国卖了二十多万册，当时是有不小影响的。他以为他会因此走红全国，并且越来越好，没想到此后他虽然也发表、出版了一些作品，但都没有大的影响。他想，他已七十多岁了，一切都已盖棺定论，不可能再有什么成绩了。

可是，他没有想到，他想错了！

一个月后，森林第五联邦共和国大选结果揭晓，年轻的狮跑跑当选总统。在接受采访时，狮跑跑说，他十三岁时无意中读到了一本名叫《爱玩的孩子》的长篇小说，这本书给了他很大启示，让他从一个爱玩的孩子变成了一个爱学习的孩子，所以他才有了今天的成就。

这个报道在全国各种媒体上迅速传播，可是，很多人都不知道老山羊是谁、《爱玩的孩子》又是一本什么书。网上对此议论得更是热烈，和总统狮跑跑年龄相仿的很多人也似乎一下子都想起了这本书，说这本书给他们的童年带去了一段十分快乐美好的时光。有些好事的网友发起"人肉搜索"，很快就搜索到了这本书的作者是老山羊……随后，就有记者登门来采访老山羊。

老山羊没想到他曾经写的那部书影响了总统这样一个大人物，心里十分激动。于是，在众多记者面前，他侃侃而谈，表现出了一个传统知识分子的博学多识。

这时，嗅觉敏锐的一批出版商也纷纷赶来了，要再版他这部长篇小说。

他们均表示，这本书起印至少二十万册，按照百分之十五的国内最高版税付酬。最后，老山羊选择了国内最有影响的动物世界出版社。

随后，没能拿到《爱玩的孩子》这本书出版权的不少出版商，向老山羊发起新攻势，要老山羊将自己其他作品的出版权卖给他们。

因为争抢的出版商太多，老山羊一时有些招架不住，说："我的作品需要重新整理一下，过些日子再说吧。"

这些出版商都说："我们可以提供专门人员，帮助您整理这些作品。"

但老山羊还是说："还是我自己整理吧。"

《爱玩的孩子》正式上市，第一天在全国的销量就达到了一万余册，受欢迎程度严重超出了预想。动物世界出版社总编辑像突然又找到了一棵摇钱树一样，亲自来到老山羊家，希望老山羊将所有的作品都授权给他们出版，提供的条件当然也是最好的。老山羊欣然同意，就签了合同。

很快，《老三羊全集》便出版上市了，受到全国读者的关注，销售量也排在了全国各大书店的排行榜首位。老山羊的大名和大作在全国影响更大，版税收入也异常丰厚，国外的不少出版商也和他谈判，购买他的作品的各种译文出版权。

这一年，老山羊成为国内文学界新的大腕。不少评论家和在全国文学界地位很高的领导，也纷纷撰文说老山羊的作品非常好，质朴感人，好读深刻。

但是，老山羊没有被这突如其来的成功迷惑住，他一直都是清醒而忐忑不安的。看到这么多人对他作品予以肯定，而且销售这么好，他也有些不解：我的作品真的这么好吗？如果真的像他们说的这么好，为什么以前他们都没有发现而现在才发现呢？这些作品还是以前的那些作品呀，为什么反响却如此不同呢？……

因为老山羊在社会上的影响太大了，总统狮跑跑也忍不住买了一套《老山羊全集》看。他先看了《爱玩的孩子》。看完后，他却酸涩地发现，这次看虽然也让他想起了小时候的一些情景，可似乎没有小时候那么感到震撼了，好像也没有过于了不起的地方。其他作品，他就不想看了。

后来，在媒体的撺掇下，总统狮跑跑和老山羊见面了。见面会上，两人谈得很热络，老山羊谈了当年创作这部作品的想法，说："没想到这本书能给总统先生带来这么大的影响！"总统狮跑跑谈了他年少时读这部作品的震撼感受，说："非常感谢您这本书给了我巨大的人生激励！"

　　见面会结束后，老山羊回到家中，又想起了那个问题：这些作品还是以前的那些作品，为什么反响却如此不同呢？想了好长时间，他才突然明白，其实这都是总统的原因，是总统让他忽然之间成了大腕作家！想到这，他不禁有些伤感……

　　总统狮跑跑回到家，也不禁又想这个问题：为什么小时候看这本书感觉那么震撼，而现在看却没有那种感觉了呢？……他也想了很长时间，才突然明白，那时候他年龄太小，很多事和很多道理都不大懂，而现在他则是一个十分成熟的大人物了，感觉怎么可能完全一样呢？

　　可是接下来，另一个问题又让总统狮跑跑不解了：那，为什么一直都籍籍无名的老山羊，突然之间成了大腕作家呢？都是因为我说的那句话？假如我没有说过那句话，或者我说了但媒体没传播出去，老山羊还依然是籍籍无名吗？可是，对于一个作家来说，他的作品才是根本；虽然我说了那句话，但他的作品其实还是那些作品呀，并没有什么变化，为什么就突然走红了呢？这个社会，怎么是这样子的呢？

样　板

森林里有很多动物联邦共和国，分别命名为森林第一、第二、第三等等联邦共和国。每个森林联邦共和国都有好动物，也都有坏动物，当然也有犯法坐牢的动物。

森林第五联邦共和国的总统虎威威，为兽处事都十分霸道，导致社会积怨很深。因此，这次总统选举，他只得了百分之二十的选票，败给了另一位年轻的挑战者——狮跑跑。

前总统虎威威遗留下了大量社会问题，如何理顺，让新总统狮跑跑很是头疼。于是，他把总统顾问狐一聪和鹰看远叫了过来，进行政策咨询。

狐一聪说："当务之急，我们要找到一个切入口，把它树为我们治理社会成果的样板，让全社会都向这个样板学习，社会就会慢慢理顺了。"

总统狮跑跑说："那你具体说一说……"

狐一聪说："我建议让社会形象良好的羊咩咩先生出任我国总监狱长……"随即，他把自己的想法说了出来……

但鹰看远却不同意这个方法，说："目前的社会问题是一个系统问题，只强调树立这一个样板，不但无济于事，还很可能会产生新问题。我认为当前最重要的问题是解决普通民众大量失业的问题……"

但是狮跑跑总统却采纳了狐一聪的意见，还疏远了鹰看远，不久还免去了鹰看远的总统顾问职务。

羊咩咩以前是一个著名的法律专业教授，曾多次带领禽民兽民上街游行，要求改善禽权兽权状况。他没想到自己能脱颖而出被任命为联邦共和国的总监狱长，心里十分激动和感激，表示一定按照总统的部署，把工作干好，让总统满意，让社会满意，让犯人们满意。

总统狮跑跑很高兴，说："好，你去干吧。"

上任第一天，总监狱长羊咩咩就召开大会，宣布要尊重禽权和兽权，以"禽性化、兽性化管理为本"，创造一个和谐的监狱环境，让该国的监狱文明程度超过人类的监狱文明程度。随后，他首先改造监舍，让每一个监舍都见阳光；每个监舍的高度都提升一米，配备有线电视、席梦思床、空调、沙发、互联网、书报杂志和独立卫生间等；工作时间严格执行每天八小时，不得随意加班，不得克扣工资，并允许成立工会；周六、周日全天放风，可举行各种文体活动……这些措施的实施，果然见效，犯人们的精神面貌很快改观，改造的积极性也大幅度提高了。

这天，监狱长羊咩咩来到总统府，向总统狮跑跑汇报了这些成就。狮跑跑很高兴，第二天就来到监狱视察，看后果然如此。狮跑跑十分满意，说："你干得不错，虎威威当总统时我们没有禽权、兽权，我当总统后大为改观，我的政府是有充分的禽权和兽权的！"随后，狮跑跑总统指示随行的记者，要单独做文章，向国内外大力宣传。

不久，该国的电视、广播、互联网和报纸、杂志等媒体对此展开了大规模、全方位、立体式的宣传，国内外受众都了解了这个先进样板。

可是没想到，该国的犯罪率却突然急剧上升，社会出现很大混乱。狮跑跑总统忙叫来警察总局局长狼酷酷，严厉责问："你这个警察总局局长是怎么当的？"

警察总局局长狼酷酷一边擦着额头上的汗，一边回报说："我们正在调查，调查的初步结果令人匪夷所思：很多禽兽像发了疯一样，大喊大叫地抢劫、盗窃，抢劫、盗窃完了还笑嘻嘻地拨打报警电话，坐等警察去抓……"

这时，总监狱长羊咩咩也大汗淋淋地跑来求见总统狮跑跑，说："总统先生，我们的监狱已经禽满、兽满为患了！该怎么办呀？"

看到总监狱长羊咩咩，警察总局局长狼酷酷突然想到了什么，指着羊咩咩的鼻子大嚷道："都是你干的好事！"

总监狱长羊咩咩异常惊讶，问："什么'都是你干的好事'？"

警察总局局长狼酷酷说："现在，社会上有不少下岗的禽兽，还有很多找不到工作的禽兽大学生……他们没有饭吃！可是，你却把监狱搞得比外面还好，于是，这些生活无着、走投无路的禽兽就想到了去你们监狱谋生！"

狮跑跑总统也突然明白了，立即下令撤了羊咩咩的职，任命狗汪汪为总监狱长。狗汪汪随即下令全国所有监狱恢复原状。很快，全国的社会治安就

稳定了下来⋯⋯

　　狮跑跑总统这才大舒一口气，叹说："还是鹰看远说的对，社会系统出了问题，要系统地去解决呀!"

　　随后，他免去了狐一聪的总统顾问职务，重新任命鹰看远为总统顾问，让鹰看远负责制定一个治理这些社会问题的系统方案⋯⋯

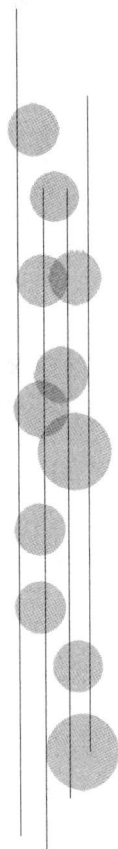

收　费

　　兔小淘听说，原来信誉一直不错的狼蒙天信誉越来越差，欠其他同学的钱不是找各种借口不还，就是打了折扣后只还一部分。起初，兔小淘还不相信，后来，整个年级的同学甚至其他年级的同学都这样议论狼蒙天时，他才感到不安起来。

　　狼蒙天是他们同年级的一个同学，他家里虽然有钱，但他花钱很厉害，时常要借钱才够用。但是，过一段时间——比如过节了他收到红包后，都会把钱还给别人，同时还支付高于银行同期利率的利息。因此，有余钱的一些同学就都愿意借给他钱。四个月前，兔小淘也借给了狼蒙天 200 块钱。

　　兔小淘便去找狼蒙天，要求还钱。他找了狼蒙天好几次，狼蒙天都说过几天还，可是好多个"几天"过去了，狼蒙天还是没有还。

　　这天，兔小淘在操场上堵住了狼蒙天，非要他还钱不可。

　　狼蒙天斜睨了他一眼，说："你真的让我还钱？"

　　兔小淘理直气壮地说："那当然了！"

　　狼蒙天说："可是，你别后悔啊！"

　　兔小淘说："我后悔？我后什么悔？"

　　狼蒙天嘿嘿冷笑了两声，说："说不定算到最后，你还欠我钱呢！"

　　兔小淘觉得狼蒙天真是好笑，说："你赶快还我钱吧。"

　　狼蒙天就说："好吧，我们现在就算账。"

　　兔小淘把欠条拿了出来，说："四个月前你借我 200 元，按照约定，月息 1 分，你应还我 208 元！"

　　狼蒙天说："你的手续不全，不能支付！"

　　兔小淘急急地说："这不是欠条吗！"

　　狼蒙天说："不对呀，当时我还给你办了一张卡呢，必须两者都有才行。"

兔小淘立即把那张卡掏了出来，说："在这——"

狼蒙天说："这张信用卡，每个月要收 10 元月费，我已欠了你四个月，需要收月费 40 元。扣除这 40 元，只剩 160 多元了。"

兔小淘瞪大了眼睛，说："凭什么？当初你怎么没说这张卡还要收月费？"

狼蒙天哈哈大笑说："你的金融知识真是太贫乏了，银行里的信用卡还收年费呢，我这信用卡当然要收月费了！"

兔小淘一想，觉得他说的也不是没有一点儿道理，为了把钱尽快要回来，就说："好，扣除 40 元，其他 168 元你还给我吧。"

狼蒙天说："别急，还得继续往下算呢。你借给我的钱——就相当于存在我这里的钱，在第二个月扣除 10 元月费后，只剩 192 块多了。参照我们森林第五联邦共和国第一银行的相关规定，账户资产在 200 元以下的，属小额账户，每个月要收 50 元管理费。据此，你这笔存款从第二个月起就要每个月收 50 元管理费，三个月要收管理费 150 元。扣掉这 150 元，只剩下 10 多元了。"

兔小淘哈哈大笑起来，摸了摸狼蒙天的头，说："你傻了吧？"

狼蒙天轻轻一笑，说："我很正常。这些，都是有根有据的。"说着，他从书包里掏出森林第五联邦共和国第一银行的"服务收费项目及标准"小册子，拿给兔小淘看。

兔小淘一看果然如此，哭丧着脸，十分不解地说："这，怎么能这样规定呢？"

狼蒙天说："你太孤陋寡闻了——"

兔小淘差一点儿哭起来，说："早知这样，我干吗借给你钱呀？我怎么这么傻呀？"哭了半天，擦干泪，说，"那，你就把剩下的 10 多元钱还给我吧。"

狼蒙天瞪大眼睛，不解地说："谁欠你 10 多元钱？是你欠我的钱——"

兔小淘气愤已极，指着狼蒙天的鼻子说："难道这 10 多元钱，你还不还我了吗？"

狼蒙天笑着摆了摆手，说："我们的账还没算完呢——"

兔小淘说："怎么还没算完？"

狼蒙天说:"你再看看森林第五联邦共和国第一银行'服务收费项目及标准'第7777条的规定——"

兔小淘一看,森林第五联邦共和国第一银行"服务收费项目及标准"第7777条规定:当储户账户上的钱达不到20元,且最近一个月没有任何存取行为,该账户将被视为"无主账户"予以暂时封闭,手续费为每次20元;如客户要求开通,开通费为每次50元。

狼蒙天解释说:"根据规定,你的这个账户已经被我封闭了,封闭费为每次20元。也就是说,我现在不但不欠你的钱了,你还欠了我9块多钱。如果你要开通这个账户,还要支付我50元开通费。"

兔小淘更大声地哭起来,说:"你这不是抢劫吗?"

狼蒙天说:"这是规定。一切都按规定来。我也没办法。当然,出于人道主义考虑,你欠我的9块多钱我就给你免除了。但是,如果你非要开通这个账户,必须支付50元的开通费。"

兔小淘异常伤心地说:"现在,我都欠你钱了,我还开通这个账户干什么?我神经病啊?"

狼蒙天说:"那,如果你不愿意开通,我们之间的借贷关系,就等于自动终止了,我们就没有任何借贷关系了。既然如此,那我就走了,拜拜!"说完,他就扬长而去了。

兔小淘想着自己作为一个债权人,被欠债人算计成这样,200元借款就这样打了水漂,怎么都想不通,怎么都不能接受。可是,他又无能为力,就伤心地在操场上痛哭起来……满操场的人从来没见过这么伤心的人,都围过来问他怎么了,劝他不要再哭了。可是,他却越哭越伤心,谁的话他都听不进去,谁的话他也不愿意回答。

后来,他的班主任牛黄黄来了,问他怎么了。他才说出了事情的原委。

班主任牛黄黄叹了一口气,说:"唉,你不知道呀,狼蒙天的父亲狼酷酷两个月前担任了森林第五联邦共和国第一银行的行长,推行了一系列收费改革。他那一套都是跟他父亲学的呀!"

翻　　译

森林第三联邦共和国是森林世界最发达的大国，经常利用自身的优势地位，指责其他国家，挑起事端。因此，刚刚当选森林第五联邦共和国总统的狮跑跑对森林第三联邦共和国十分反感，在各种场合都敢直言不讳地对该国进行批评。

森林第三联邦共和国总统象大冲对狮跑跑十分不满，然而，森林第五联邦共和国虽然只是个中等国家，但经济较为发达，双方恶斗则会两败俱伤，他不想跟狮跑跑翻脸，于是就邀请狮跑跑访问他们国家，借此缓和两国的关系。

接到邀请，狮跑跑有些讶异，问总统顾问狐一聪："我去还是不去？象大冲不会有什么阴谋吧？"

狐一聪分析说："这只是象大冲想要拉拢您而已，没有什么令人害怕的阴谋。"

于是，狮跑跑便答应前往。

象大冲给予了狮跑跑最高规格的接待，对狮跑跑说话也十分客气，这让狮跑跑心里感到像出了一口恶气，十分痛快。临回国前的告别晚宴上，本来就十分好酒的狮跑跑总统忍不住多喝了几杯，就喝多了。轮到狮跑跑发言时，他找不到事先狐一聪给他写好的发言稿了，便信口说起来。起初，他说的还很正常，加强经贸合作呀什么的。可是，慢慢地，他开始跑题了，甚至批评起森林第三联邦共和国来。这让狐一聪等高级随员大吃一惊，几次示意狮跑跑不要再说了，但狮跑跑装作未见继续往下说。

但奇怪的是，本国翻译金刚鹦鹉将狮跑跑的话翻译过去后，森林第三联邦共和国的人——包括总统象大冲却都不住地微笑点头。当狮跑跑说完最后一句话"我们一定要把你们的霸权主义埋葬"时，台下还响起了热烈的掌

声……

他们登上飞机，飞机起飞后，狮跑跑的酒慢慢醒了，才突然想到他在晚宴上发言时气氛不对劲，忙问狐一聪是怎么回事。

狐一聪懂外语，他如实汇报："金刚鹦鹉没有翻译您的即席发言，而是按照事先写好的发言稿翻译的。我已经严厉地批评了他，等待您的发落……"

"什么？"狮跑跑十分意外，但又感到很庆幸。他走出自己的卧室，来到金刚鹦鹉面前，问他为什么没有将自己的即席讲话如实翻译？

金刚鹦鹉毫无畏惧，说："尊敬的总统先生，作为您的翻译，如实、准确地翻译您的讲话，是我的职责所在。但，我没有不如实地翻译您的讲话呀……"

狐一聪火了，指着他的鼻子说："在晚宴上，你的翻译是总统的原话吗？"

金刚鹦鹉说："那时候，我发现总统比平时多喝了很多酒，已经处于醉酒状态了。醉酒后说的话，怎么能算'实话'呢？因此，我不能那样翻译！而发言稿是总统在清醒时阅过并同意的，这才是总统认可的'实话'！所以，我并没有渎职，我是如实翻译的。"

狐一聪对金刚鹦鹉如此狡辩十分不满，正要指斥他，狮跑跑却笑容满面地拥抱了金刚鹦鹉，说："你可真是我的好朋友！你做得对，我非常满意！"

但是，当晚参加宴会的森林第三联邦共和国的人，并非没有人懂森林第五联邦共和国的语言。晚宴一结束，就有人把狮跑跑的即席发言，汇报给了象大冲总统。象大冲总统怒火顿生，立即命令外交部向第五联邦共和国发出抗议。两国关系，更加不好了。

又过了两年，一向和森林第三联邦共和国沆瀣一气的森林第七联邦共和国总统鹿昂首，到访第五联邦共和国。起初，一切都很顺利。鹿昂首结束访问回国前，狮跑跑给鹿昂首设了告别晚宴。两位总统步行前往宴会厅时，鹿昂首笑着拍了拍狮跑跑的肩膀，说："通过访问，我们加深了了解，消除了不少误会。其实，你对森林第三联邦共和国以及象大冲总统是有很多误解的，你不应该和他对抗，和他对抗了这几年，你也没有捞到什么好处嘛。是不是？"

狮跑跑一听，十分生气，说："第三联邦共和国充当森林世界的警察，做了很多坏事，我批评他们，是维护森林世界的正义。"

鹿昂首一看狮跑跑不听他的劝，就转变话题，不再说下去了。

然而，狮跑跑却依然十分生气。晚宴开始前，狮跑跑致辞，他抛开事先写好的讲话稿，指责森林第七联邦共和国及总统鹿昂首是森林第三联邦共和国的走狗，他们沆瀣一气干了不少坏事。

首席翻译金刚鹦鹉如实地进行了翻译。鹿昂首及整个访问团顿时炸开了锅，纷纷站起来大声抗议，随后离席，直奔机场回国去了。

狐一聪走上前去，严厉地指责金刚鹦鹉："你怎么能这么翻译？狮跑跑总统的话，明显会强烈刺激到鹿昂首总统及访问团成员，你为什么不像上次那样翻译讲话稿，而偏要翻译总统先生的即席讲话？"

金刚鹦鹉说："因为狮跑跑总统是在没喝酒的情况下说这番话的，我如果不翻译他的即席讲话，那才是不'如实'翻译。"

狐一聪气得直跺脚，说："你太没有政治头脑了，你就等着总统亲自来收拾你吧。"

这时，总统走了过来，再次拥抱了金刚鹦鹉，说："你翻译得非常好。这是他们应有的'待遇'！"

狐一聪不禁长叹了一口气，心说：这叫什么事呀？遇到这样的总统，可真没办法！

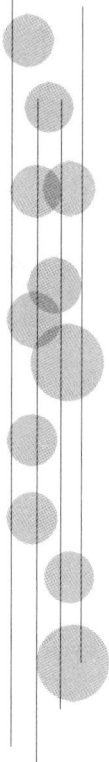

较　　劲

张一开十分看不起马骡！

原因很简单：马骡在国内文坛的知名度越来越高了，不仅中短篇小说频频在一些刊物上发表，还不时被有影响的选刊选载，偶尔还受邀参加国内文坛一些重要活动。但是，马骡的作品明显是不如他的！马骡声名雀跃，还不是因为他是美丽集团的企划部经理，他是拿公司的钱换来的！

新川大学文学院王教授也认可他的看法，说："虽然马骡的作品有其特点，但从艺术性上来说，你的作品确实比他的高一到两个层次。他能有今天的成绩，个中原因大家都心知肚明。但你不要生气，也不要着急，你比他年轻，你沿着自己的路子走，会拥有属于自己的一片天地的。"

但此前，张一开和马骡的关系却是非常好的。虽然张一开只有三十出头，马骡近四十了，但两人自几年前因文学相识后，一直都很能谈得来，马骡也一直把张一开当老弟看，在文学上相互鼓励。

张一开对马骡的反感越来越大。后来，参加一些文学活动，马骡和他打招呼或者想找他叙话时，他都爱答不理。慢慢地，马骡也感到张一开对他似乎很有意见，两人产生了隔阂。

这年，张一开和马骡的作品同时参加省政府文学奖的评选，并同时获奖。两人一起去领奖时，马骡提前给张一开打电话邀张一开坐他的车一块去，但张一开没答应，独自坐了火车去省城。

颁奖会前的欢迎宴上，马骡很高兴，喝了不少酒，饭后非要到张一开房间去叙叙话。张一开挡不住，就让他进来了。

马骡直截了当地说："我知道你为什么反感我……"

张一开说："我没有反感你呀……是你多想了。"

马骡笑了笑，说："说实话，我承认，我的作品从艺术性上来说确实不

如你的，有些作品语言还十分踏杂，错别字也不少……"

张一开一愣，他没想到马骥这么坦诚。

"但是，我可以肯定的一点是，我对文学的热爱之情并不比你少！"

"这个我承认。"

"因此，我也想在文学上有所成就——不，是有所成绩……这个，想必你也是能够理解的吧？"

张一开点了点头。

"因此，我利用自己的工作之便，为一些刊物创收做了些工作……但我可以向天发誓，我没有强求他们发表、转载我的作品，我的作品都是他们看后认可了才发的——当然，我也不否认，他们给了我一些面子；我还可以发誓的是，这次评奖，我也没有花一分钱或跟任何一个评委打过招呼，他们是看作品说话的……"

张一开想想，觉得他说的很坦诚，这些话还是可信的。

"你是我的好兄弟，我不想我们反目成仇……"

这时，张一开脸色也好看多了，说："你以前给过我很多鼓励，我很感激你……我对你也没有什么，最多是有些误解……我们还是好兄弟！"

马骥忽然哈哈大笑起来，说："这才是兄弟嘛！"

过了一会儿，马骥又说："有句话不知当说不当说……其实啊，虽然你的作品比我的作品层次高，但这不重要……"

张一开疑惑地看着马骥。

马骥继续说："要知道，我们都离国内一流作家还有很大距离呀，这个，你也不得不承认吧？"

张一开诚实地说："是的。"

"现在，在文坛上堪称一流作家的作品，也未必都能流传下去，我们这些离一流还很远的，更没有什么希望流传下去……所以，谁好一点儿谁差一点儿，重要吗？不重要！我们不过都是热爱文学而已，没必要过于较劲呀！"

张一开忽然感到自己的确很浅薄，默认地叹了一口气。

很多人都没有想到，这次省政府文学奖除了有奖状和奖金，还另外奖励了每位作者一趟"时空穿越游"，可以任选去往过去或未来的某个时候旅游。马骥因工作忙放弃了，张一开选择到未来一百年后去看看。

通过时空穿梭机，张一开来到了一百年后。他进了一个书店，翻来覆去

地找，真的没有找到一本他和马骡的作品。他问了不少读者是否知道张一开、马骡，这些读者都说不知道。

张一开十分失望地回来后，再也没有继续写作的心情了，更没有心思和马骡比较了。

马骡注意到张一开多久都不再写、发表作品了，就问他咋回事。

张一开说："既然我们的作品都注定无法流传下去，还干吗要写呢？"

马骡说："我们写东西，是为了我们自己的内心需要和当下的读者需要，能不能流传是另外一回事呀。"

王教授也鼓励张一开继续写，说："你去的是一百年后，一百年后的读者不知道你，难道就代表你的作品没有流传下去吗？说不定一百一十年后你的作品就被重新认识，成为能流传的经典作品了呢！"

"怎么可能？"

王教授说："那你总不能因此就完全放弃吧？这毕竟是你心爱的事业啊。人活着总得奋斗，总得做点儿什么吧。"

张一开想了想，觉得王教授说的也有道理。于是，他恢复信心，又继续写作了。

慢慢地，张一开的知名度越来越高，不久就超过了马骡，十几年后成了国内一流作家。他想，谁能说得准呢？说不定一百一十年后或者一百五十年后，他的作品真的被后人重新认识成为经典了呢……

痛苦转移

大学毕业，很多恋人将各奔东西，不得不分手。可是，范小山与外语系的女友小华分手，却是因为女友觉得两人"性格不合"。范小山也不是特别深爱她，难受了两天也就算了。不久，范小山才知道，她是和一个富家子弟好上了，准备一起去美国留学，这让范小山大受刺激，痛苦万分。

这天，班里组织去云龙山旅游，范小山立即就报了名，想去散散心。云龙山为名山，竹木参天，怪石古洞，溪流飞瀑，灵秀幽静。登上最高峰云龙台，范小山无意中看到台后有一条小径，他颇感好奇，便走了下去，没走多远，绕过一个高大的巉岩，转了一个大弯，发现前面是一座小院，门额上写着"解痛堂"。

范小山走进去，见一须发皆白的老者正闲坐着，于是问："'解痛堂'是什么意思？"

这位老者说："'解痛堂'供奉的是'解痛佛'。人间痛苦太多，拜'解痛佛'，可解痛苦。"

范小山便拜了拜，拜后正要走，老者突然叫住他，说："看你一副闷闷不乐样，是遇到什么痛苦了吧？我制有一种'痛苦转移散'，任何人吃后，一旦遇到痛苦，只要手挨上转移对象，并默念'痛苦转移'四字，就可把痛苦转移走。我愿无偿赠送与你，你要吗？……"

范小山立即来了精神："真的？"

老者说："信不信在你。服了这种'痛苦转移散'，可以将痛苦转移给世界万物，但独独无法转移到别人身上，否则自己会加倍痛苦。"

范小山高兴地收下了，服下后，心想：既然可以把痛苦转移给万物，为什么就一定不能转移给别人？我得试试！

回到学校，范小山借口还以前的书，把前女友小华约了出来，趁还书时

碰了她一下，并默念"痛苦转移"。然而，小华表情如常，她走后范小山却更痛苦了，这才知道那位老者说的话是真的。范小山痛苦难耐，立即将手放到旁边的一块大石头上，默念口诀，大石头立即痛苦地裂开了一条缝，同时，范小山的痛苦逃遁无影。范小山高兴极了：这"痛苦转移散"还真的是有效果啊！

不久，范小山毕业开始找工作了。他到处碰壁，灰心沮丧，酸涩痛楚。忍受不了了，他默念"痛苦转移"，将痛苦转移给了街边的一个垃圾桶，圆形的垃圾桶当即变成了椭圆形……

终于，他好不容易找到了一份工作。可是，部门经理看他是新来的，便百般刁难，让他干最苦的差事，还没事就让他加班。范小山气恼万分，默念着"痛苦转移"，将痛苦转移到了部门经理的轿车上。部门经理下班去开车时，发现车门和车轱辘都莫名其妙地变弯、变瘪了……

……

一有痛苦，范小山就转移走，心情变好了，也越来越自信了。不久，他就找到了一个心仪的女友——翟筱雨。大姐结婚那天，他带着女友参加，犹如一家人一般亲密。

孰料，大姐和姐夫度蜜月时，因车祸双双丧生了。这一打击，让范小山全家痛苦不堪，尤其是父母，整日以泪洗面、痛不欲生。范小山也无法接受这个事实，异常消沉，无论翟筱雨怎么劝，他都打不起精神来。翟筱雨就有些恼了，说："你整天这样，以后的日子就不过了吗?"

范小山也突然意识到，确实不能这样下去了，以后的日子还得过呀！于是，这天晚上，他一个人跑到河边，大哭了一场，默念"痛苦转移"，将痛苦转移给了一棵大树，这棵大树立即就落叶纷纷，光秃了。

痛苦转移走了的范小山，脸上有了笑容，又变得乐呵起来。在单位里，这倒没什么；可是在家里，他父母甚至女友翟筱雨却越来越看不惯了，翟筱雨说："我叫你不要太悲伤了，可没叫你整天都笑眯眯的呀！你这样，人家还以为你和你姐感情不好，你姐死了你高兴呢！……"

范小山无奈地说："那我怎么办？我的痛苦已经被转移走了呀！"

翟筱雨说："你应该是在悲痛中打起精神来的样子……"

可是，范小山还是悲痛不起来，还是整天乐呵呵的。

没多久，范小山父母还有翟筱雨就都感到范小山是真的不正常，偷偷给

精神病医院打电话，强行把他"押"了进去，进行治疗。范小山觉得这太荒唐了，摇晃着铁门喊："我精神没问题！我整天乐呵呵的，是因为我把痛苦转移了！"他父母和翟筱雨哭着说："小山都不正常到这种地步了呀！"

范小山在精神病院住了五天，经过了医生五次反复检查，结果都表明：范小山精神正常。于是，第六天就把他给放了出来。

出了精神病院，范小山又想起已去世的姐姐，心里突然感到异常痛苦。他没有回家，直接去了云龙山，找到那位老者把自己的遭遇说了，"您把解药给我吧，我不愿意转移痛苦了，把痛苦转移后，却换来了更多的痛苦。"

老者叹了口气，说："我忘记告诉你了，我没有解药。同时，我也忘记告诉你了，人世间有种种痛苦，但亲情之间带来的痛苦却是难以转移的，即使转移了，也只是一时的，很快便会滋生出更大的痛感。"

范小山大哭着问："那怎么办呀？"

那位老者轻声说："你现在是什么感觉？"

"万分痛苦啊……"

"这就对了，你转移走的痛苦，其实已经又回到了你身上，这种痛苦就是你失去姐姐的痛苦啊！"

"人世间最大的痛苦都不能想转移就转移，那些小的痛苦能转移又有什么用呢?!"

"所以啊，很多人服了'痛苦转移散'，后来都后悔：因为一个人的所有痛苦，无论大小，其实都是需要自己去面对和抗住的，谁也无法真正逃脱掉……"

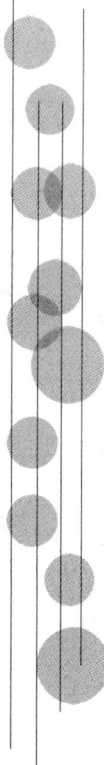

馒头公司

时值盛夏，天气炎热，玉皇大帝午休后，精神大增。他穿戴好，来到办公地点——御览殿。

不一会儿，卫士进来汇报道："玉帝，天蓬元帅求见。"

玉帝抬起头，问道："他来什么事？"

卫士道："天蓬元帅说是关于馒头的事……"

玉帝眉头一皱，道："这种小事，还需要向我汇报吗？"

卫士道："天蓬元帅说，这是'仙命'关天的大事……"

玉帝就让宣天蓬元帅进来。

天蓬元帅行礼毕，汇报道："如今，天庭社会进步了，原来家家户户都自己蒸馒头吃，现在，都买小贩们蒸的馒头吃了。民以食为天，馒头无小事，我们准备对馒头业加强管理……"

玉帝说："就这事？我知道了，你就回去制定政策吧。"

天蓬元帅暗喜，退出了御览殿。

天蓬元帅回到自己府中，在府中等待的小白龙立即迎上来，问情况如何。

天蓬元帅喜形于色地道："这是关乎'仙命'的事，玉帝当然同意了……"

小白龙两手一拍，高兴地道："这可太好了！"

随后，天蓬元帅便向天庭社会发布了新政：为维护仙民的身体健康，加强馒头业的管理，使馒头业健康、稳定发展，特成立五个馒头公司。以后个体户不允许再私自卖馒头，所有生产经营馒头的个体户，都要加入馒头公司——上述任何一家均可，按时缴纳份子钱，服从馒头公司的规范化统一管理，然后才可以像以前一样继续经营。

一时间，所有生产经营馒头的个体户怨声载道。因为此前大家一家一户生产经营，都是经过卫生部门审批、受卫生部门监管的，根本不需要加入所

谓"规范化统一管理"的馒头公司！

其中一个叫金毛猴的，是当年得到孙悟空点化才有幸上到天庭成为一个普通小仙的。他十分愤怒，说："这不明摆着是抢我们的钱吗？"他联络了几个人要去玉帝那里告状，可是刚到玉帝居住的宫殿大门口，就被警察抓了回来，说他们"越级上访"。最后，他们写了"不再上访"的保证书，才放了他们。

可是，金毛猴还是不服输，他又带领几个个体户一起去找天蓬元帅，道："我们几个人已达成协议，我们联合成立一个馒头公司，我们不需要加入那五个馒头公司中的任何一个！"

天蓬元帅轻蔑地看了金毛猴一眼，捋了捋胡须，道："不行啊，我们这是天庭行为，要统一管理的，你们怎么能成立公司呢？"

无论怎么说，天蓬元帅都没有吐口。

金毛猴又想出一计，第二天带着一张大额支票去找天蓬元帅，道："元帅，昨天我们来得唐突，请您原谅。今天，小的们带了一点儿心意，请您看在师傅孙悟空的面子上，同意我们联合成立一家馒头公司吧。"

天蓬元帅接过支票，立即脸色一寒，把支票往地上一扔，怒道："你胆敢贿赂天庭命官，该当何罪？"

天蓬元帅软硬不吃，金毛猴气得也没有了办法。金毛猴偃旗息鼓了，其他小仙还能如何？于是，大家都心不甘情不愿地加入了这五个馒头公司，每月缴纳不菲的份子钱。因为份子钱，所有生产经营馒头的个体户的成本也都增加了，于是大幅度提高了馒头的售价。

馒头是生活必需品，价格一下子长了百分之三十，天庭的所有普通家庭都受不了了，纷纷投书媒体和天庭抱怨。玉帝知道后，就把天蓬元帅叫了过来，问他天庭社会为什么会有这么多抱怨？

天蓬元帅回答道："任何改革刚一推出，都会遇到不同观点，触犯部分人的利益，引起部分人的不满，这很正常。时间长了，大家就都习惯了。"

但是，玉帝还是有些担忧，道："我们要维护广大仙众的利益，你们要想个办法，解决这个问题。"

天蓬元帅领命，打道回府了。

小白龙正焦急地等待着他。天蓬元帅看到小白龙紧张的样子，不禁笑了，说："你看看你，吓成什么样了？没事。"随后他把见玉帝的事说了

出来。

小白龙这才放下心来，笑道："还是元帅厉害，小白龙佩服不已！自从我们经营的这五家馒头公司成立以来，除了缴税，每个月任何事都不需要干，就能净收几十万元的利润，一年就是好几百万！我正担心玉帝会下令撤销呢。"

天蓬元帅得意地说："怕什么？有我在怕什么？"

过了几天，天蓬元帅的解决方案就报到了玉帝这里：为了维护广大仙众的利益，降低馒头价格，天庭将对馒头业提供补贴，即把生产经营馒头的个体户为交份子钱增加的成本全额由财政补贴，馒头价格降回原价。这下子，不仅所有的普通百姓都很满意，连金毛猴这些生产经营馒头的个体户也都很高兴。

可是，一些社会学者和观察家却开始在报纸上发表文章，表达不满了。其中天庭著名学者顺风耳的批评文章流传甚广，连玉帝也看到了。这篇文章写道：馒头这种日常必需品，是最适宜个体户独力经营的，其卫生问题原本就有卫生部门监督，质量完全可以保证；五个垄断性的馒头公司，表面上是对这些经营户统一管理，实际上这五个馒头公司没有任何积极作用，只是坐收份子钱；现在又由财政全额补贴解决，于法于理于情，何其不通！与民争利，情何以堪？

玉帝十分震动，于是微服私访，得到的信息果然如顺风耳文章所述。玉帝立即罢免了天蓬元帅的官职，下令撤销馒头公司。

不久，监察部门就查出了天蓬元帅和小白龙勾结在一起坐收份子钱的事，交由刑罚部门论处了。刑罚部门审理后，判令天蓬元帅第二次下界投了猪胎，而小白龙被判令下界投了鼠胎……

嫦娥卖蟠桃

天上的神仙越来越多，有资格无偿配享王母娘娘蟠桃园里蟠桃的高级神仙也倍增。可是，由于产量低，各路高级神仙分配到的蟠桃逐年减少，都很不满。玉帝和王母娘娘听到这些牢骚，也很发愁，闷闷不乐。怎么办呢？

王母娘娘的秘书嫦娥对王母娘娘建议道："咱们能不能对蟠桃树进行改良，让一万年、一千年、一百年才成熟一次的蟠桃，分别变成一千年、一百年、十年成熟一次？这样，产量不就一下子增加十倍了吗！"

王母娘娘一听，来了精神，道："这个想法很好！"

王母娘娘立即召见蟠桃园的土地爷，让他具体负责这项研究工作。土地爷平时没事干，很高兴地就领了命。

很快，土地爷真的就研究出了这项技术。蟠桃产量大增，除满足各路高级神仙外，还有大量剩余，有的都烂在了园里。王母娘娘看在眼里，心疼死了。

玉帝就道："干脆把剩余的蟠桃分给其他神吧，也让他们尝尝。"

王母娘娘道："可是按什么标准分呢？谁分呢？这是要平白增加不少人力、物力成本的呀！"

嫦娥建议道："我看，不如把剩余的蟠桃在市场上出售，这样既可以让中低级的神都能吃到蟠桃，对玉帝和王母娘娘感恩戴德，宫中还能增加收入，可谓两全其美！"

玉帝和王母娘娘一听，很高兴，都说可以。

于是，在王母娘娘的直接指挥下，蟠桃公司很快就成立了，由嫦娥担任董事长，蟠桃园的土地爷担任总经理。

剩余的蟠桃很快销售一空，怎样选蟠桃、吃蟠桃也成了天庭最热门的话题，很多没能及时买到蟠桃的小神，有的还难过地哭了鼻子。

以前不怎么管钱的王母娘娘看到一下子赚了这么多钱，也不禁怦然心动，脑筋一转，问土地爷：“你能不能再继续研究，让现在一千年、一百年、十年才成熟一次的蟠桃，分别变成一百年、十年、一年成熟一次？”

土地爷想了想，道：“从技术上讲，这个应该不难。我试试，争取尽快搞成功！”

土地爷真是有才，很快就让一千年、一百年、十年才成熟一次的蟠桃，分别变成一百年、十年、一年成熟一次。这下，可以卖的蟠桃就更多了，王母娘娘的蟠桃公司的收入成倍增长。

看到王母娘娘眉开眼笑，嫦娥心里更是高兴，私下问土地爷：“你还能不能再继续研究，让一百年、十年才成熟一次的蟠桃分别变成十年、一年成熟一次？”

土地爷道：“技术上应该没问题。但问题是，天庭市场已经饱和，再加速蟠桃的成熟期，产量势必大增，到时候会造成滞销的！”

嫦娥想了想，道：“你先研究，这件事我自有主意……”

嫦娥见了王母娘娘，汇报了她和土地爷的谈话。

王母娘娘道：“如果滞销的话，我们蟠桃园的蟠桃声誉就毁了呀！这肯定不行！”

嫦娥早已想好了对策，道：“我们还有一个大市场呀，那就是凡间，凡间的人比我们天上的神仙可是多多了！”

王母娘娘连连摆手道：“不行不行，吃了这些蟠桃能长生不老，凡人怎能长生不老呢！”

嫦娥道：“现在的蟠桃都被改良过了，生长期最长的也才一百年一熟，凡人吃了生长期最长的蟠桃最多也只能活一百年，没有大碍的。”

王母娘娘听了，十分震惊：“什么?! 我们的蟠桃没有长生不老的效果了?!”

嫦娥忙安慰王母娘娘道：“王母娘娘，这没有什么呀。任何东西都有副作用，改良蟠桃也是如此。真正重要的是，每年的这项收入，可是很可观的！”

王母娘娘想了想，道：“你说的也有些道理，那就这样办吧。”

土地爷的确是太有才了，很快就让一百年、十年才成熟一次的蟠桃，都变成了一年就成熟一次。这样，蟠桃的产量便达到了令众神也震惊不已的地步。

　　嫦娥亲点天蓬元帅担任蟠桃园驻凡间销售公司的总经理。天蓬元帅当然十分乐意。

　　因为凡间人多，市场巨大，蟠桃园的蟠桃供不应求。为了挣更多的钱，嫦娥决定变相涨价，蟠桃不再论斤卖，改为论个卖，无论大小都是一个价。改为论个卖后，依然供不应求，价格仍不断翻番。

　　嫦娥兴奋地把情况向王母娘娘汇报后，道："我又想了一个办法：我们对蟠桃进行深加工，裹上一层厚厚的面，还改以重量卖，再度变相涨价。这样，我们能赚到更多的钱！"

　　王母娘娘看着每天大把大把的银子被运到天上，早已冲昏了头脑，立即就同意了。

　　随后，从蟠桃园里运到凡间的蟠桃就全被裹上了厚厚的一层面，这厚厚的一层面也当蟠桃的一部分卖……

　　孰料不久，天蓬元帅就头破血流地回到天庭，向嫦娥和王母娘娘哭诉道："大事不好了！凡间那些人买了我们的新蟠桃后，都很不满，要求退货！我坚决不同意，于是就发生了争执，我们人少，都被打了！我是拼了命才逃回来的……"

　　这时，天庭上一些高级别的神仙，也一起涌到了王母娘娘的办公室，集体公开表达对蟠桃质量下降到无法下咽地步的不满……

　　王母娘娘痛苦地皱着眉头，摆手道："这事，咋闹成了这样？罢了罢了，快让土地爷来，让他抓紧时间把蟠桃还分别恢复成一万年、一千年、一百年才成熟一次吧——"

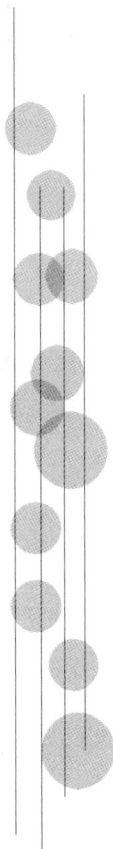

我是一个善良的人

蒋道理被公安局的人带走了!

这个消息传出,不仅蒋道理的家人、亲友、邻居不信,就连医院里平时不怎么喜欢他的人也都不信:蒋道理可是一个善良的人,怎么可能会有事,居然还是敲诈勒索?搞错了吧?!大家议论纷纷,不知所措,尤其是单位里心虚的同事更是人心惶惶。

蒋道理可是个公认的善良人。他上学时勤奋好学,乐于助人,当过学生会副主席,勇救过落水儿童,每年都是"学雷锋标兵";走上工作岗位后,他每个月都抽出一个双休日悄悄到农村给老乡义诊,因一次被误认为是骗子被扭送到派出所,真相大白后大家都被他的精神所感动,当地媒体得知情况后对他的先进事迹还进行了报道。也正因此,遭到单位不少小肚鸡肠之人的嫉妒,说他出风头,想找他的茬,可私下交流时却又都找不出他的问题,甚至最后还有人不禁感叹地说:"蒋道理其实确实是一个善良的好人啊。"但年底评先进时,大家还是都默不作声地投了他的反对票,院长对他其实也微有反感,起初蒋道理没被评上先进他也挺高兴,可是却一连几夜睡不着觉,后来独断专行增加了一个名额给了蒋道理,良心才安。

这么好的一个人,居然被公安局以涉嫌敲诈勒索罪逮捕了,他敲诈谁了,他勒索谁了?这不是开玩笑吗?

可是当蒋道理爱人来到医院向领导哭诉冤屈,所有认识蒋道理的人才都确认:这个消息是真的!

在审讯室,两名办案干警——一个经验丰富的老干警、一个年轻的新干警,对蒋道理进行了审讯。他们准备好了十八般武艺对付蒋道理,可都没用上,蒋道理就全"招"清楚了。老干警问蒋道理:"你知道你犯了什么罪

吗?"蒋道理瞪着惊恐的双眼,仍是一副不解状:"我不知道。你们一定是冤枉我了!"老干警骂了他一句,说:"冤枉你?我问你,你在给病人开处方时都是怎么说的?"蒋道理振振有词说:"我是一个善良的好人,除了一部分大款和全额报销的干部,我给每个患者开处方都是恰如其分的,没多开过一种药,哪怕是一块钱一瓶的。我处处为他们着想,为他们省钱,尤其是无权无势、经济困难的农民,他们面朝黄土背朝天干一年活挣的钱还没有贪官的一顿饭钱多。"老干警严厉说:"别扯远了。我问你,你在开处方时,是不是都征询患者的意见?"蒋道理说:"是。我跟他们说,我们医院黑心的院长让我们比原来更过分地多开药,开贵药。这不是侵害患者的利益吗?我们不是大款,不是全额报销的干部,靠工资或靠种地打工挣钱养活一家人,十分不容易,我不能昧着良心给你们开'大处方'。但我也得吃饭,得养活一家人,如果你同意另支付我二十或五十元钱,我会恪守医生的职业道德,给你们开药,不让你们多花一分冤枉钱!"老干警又问:"你这样做持续了多长时间?"蒋道理说:"三年前。起初,我不愿给病人开'大处方',结果每个月工资都是医院平均工资的零头,我没有办法才想出这一招!"老干警说:"你这项收入平均每个月是多少?"蒋道理说:"两千多,加上基本工资,正好是医院的平均工资。"老干警说:"一年是两万六,三年是七万八?"蒋道理说:"是。"老干警猛地一拍桌子,说:"你这就是敲诈勒索!"蒋道理辩解说:"这怎么叫敲诈勒索?是他们自愿的,我没逼迫任何人,他们不愿意的我也没强求,而且处方也没因此而过分开。况且,我给他们省了多少钱?平均每个人至少都有几百元!那些不经患者同意就开'大处方'的人,他们每个月的收入是我的几倍,他们都不犯法,我怎么就犯法了?"

老干警把年轻警察作的笔录给蒋道理看,蒋道理看后,与自己所述无异签了字。老干警收起卷宗,叹息地对蒋道理说:"他们是合法的,你是犯罪呀。你可真是个法盲啊!"

一个月后开庭。法庭内座无虚席。因事实清楚,审判长当庭宣判,判处蒋道理有期徒刑两年,没收全部非法所得。蒋道理情绪激动,顿时失控,大嚷:"我没有罪!我为他们哪个人不省几百块钱的医药费?那些开'大处方'让他们多花了那么多冤枉钱的人都没有罪,为什么给他们省钱的人有罪?!……"

坐在旁听人群中的医院院长咬牙切齿地心说："判得太轻了！这种人应该判死刑！"

作为证人出庭的一位被敲诈过五十元的农民这时才恍然大悟，一时热泪满面，喃喃自语地说："也许，他真是一个善良的好人啊……"

找 理 由

不少单位年终评"先进"不是轮流坐庄，就是争来斗去，没有创意，俗气得很。而红彤彤公司就与众不同，不轮流"坐庄"，也没有争斗，而是年末经理层开会确定标准，而标准每年不同，有创意，有悬念，而最后所有的人又都觉得所选的"先进"有道理，自己确实不符合条件，不服不行。红彤彤公司流行一句话："评先进并不难，关键要找好理由。"

丁月明大学毕业进了红彤彤公司，听说这样评"先进"，感觉很奇怪、不解。他从小到大都混同一般人，从没得过任何奖励，也没尝过当"先进"的滋味，然而他没想到，他第一年就获得了"先进"和一千元奖金。这年年底，总经理召集副总开会研究评先进问题，讨论了半天也没找到一个合适标准。快十二点时总经理说，干脆，为检测人际关系融洽度，今年用投票方式，投票方式我们多少年都没用过了，今年用一用也不乏创意和悬念。几位副总认为确实好，一致同意。当结果出来时，果然是出乎所有人意料：丁月明以一票赞成、无反对票的优势当选！因为所有的人都投了自己的赞成票，而投了别人的反对票，对新来的丁月明则投了弃权票；而丁月明投了所有人的弃权票，投了自己的赞成票。宣布结果时，包括丁月明在内的所有人都当场晕了过去。

事后，总经理和几位副总非常感慨：后生可畏啊！可丁月明却惴惴不安，总忍不住战战兢兢地想，我怎么就成"先进"了呢？我干吗投自己一票呢？第二年一整年他都十分内疚，见了谁都异常尊敬，对女同志更是这样。

第二年年底，总经理和副总开会时，一位副总说，今年省"妇代会"是在我市开的，今年的"先进"标准是不是可以定为"最具女人缘的人"？总经理和其他副总都认为这个主意非常有创意和悬念，于是一致通过。全体员工会议上谈论谁最符合条件时，大家想起这一年来丁月明对每个人都很尊

敬，尤其爱帮助女同志干活，便不约而同推举了丁月明。结果公布，大家都来祝贺，丁月明却异常羞愧，自己怎么就突然成了"最具女人缘的人"了！热恋的女朋友知道后，勃然大怒，毅然决然和他分了手。

丁月明感到十分委屈，可又欲哭无泪，发誓再不能当"先进"了。第三年丁月明经常迟到早退，和同事说话常故意前言不搭后语。然而他不想当"先进"，却并不代表他当不上"先进"。因他的前言不搭后语，常常能给同事们以灵感，尤其是企划部经理受他启发设计出了不少好的宣传创意，这年底他以"创造最意外工作效率的人"连续第三年当选"先进"。

自己的胡说八道居然被他们看成"创造最意外工作效率的人"?！这太不正常了！丁月明忽然想，他们是不是故意非要把"先进"给我，像科学家在小白鼠身上做试验似的，他们是在自己身上做什么试验？丁月明害怕起来，告诉自己第四年无论如何都再不能当"先进"了！可总经理和副总们这时却突然萌发出一个惊人一致的想法：丁月明来公司前，二十多年没一个人连续得过"先进"，丁月明能"三连冠"太不容易了，要让他"五连冠"，树为空前绝后的典型！

让总经理和副总们想不到的是，第四年丁月明表现极差，不仅经常迟到、早退、请假，而且经常喝得醉醺醺的，对人恶言恶语，工作上更是一塌糊涂。总经理和副总们急了，纷纷找他谈话，要他一定要戒骄戒躁、永葆"先进"。而丁月明嘴里答应着一定痛改前非，但行为上却变本加厉，心里高兴地想：今年看你们还怎么让我当"先进"？

到了年底，总经理和副总们开会时唉声叹气，不知所措。一位副总试探地说，要不换人吧？总经理半天没做声。这时列席会议的李秘书说，其实，让他再当先进也不难，关键是标准呀，咱们制定一个大家不得不服的标准不就行了？我建议标准可以定为"最落后的人"，这个标准谁会跟他争呢？总经理和副总们顿时眼睛一亮，都觉得非常有创意，而且也没人会不服气。可总经理又觉得这个标准有点说不出口，灵机一动说，不如叫"最应该鼓励的人"？大家一听，这样一改，反面成了正面，不但让公司人服气，传出去外人也是无话可说，好！于是又一致通过。于是，丁月明第四次成为公司"先进"。

元旦假期后，丁月明没有来上班。下午，一条惊人的消息传来：丁月明死了，是死在了城中心的"羞愧湖"里……

谁获奖了

金山获大奖了！金山的摄影作品《看戏》获得了美国艾维尔国际艺术摄影大奖！

这个消息是从美国传到国内的，首先是刊登在北京的一家大报上。但因为只提了名字，没提籍贯，因此，起初省里、市里的媒体都不知道金山是本省本市白米县人！这也难怪，金山此前只是一个普通的摄影爱好者，在一家企业干宣传工作，连县里的摄影赛都从没得过奖。

白米县摄影家协会主席康彬虽有些不敢相信，但第六感告诉他，这个金山就是白米县的金山！他立即就给金山打电话问情况，金山高兴得都结巴了，说他刚接到了美国艾维尔国际艺术摄影大奖组委会打来的电话，的确是他获奖了！

康彬立即将这个消息报告给了县文联主席蒋振国，同时报告给了市摄影家协会主席黄枚；蒋振国立即又把这个消息通报给了市文联主席耿新颖，同时把这个消息通报给了县文化局局长任大力……十几分钟后，市摄影家协会、市文联、市文化局及省摄影家协会、省文联、省文化厅的主要领导都知道了这个消息，都惊喜不已。大家为何如此重视？因为这个奖如同文学界人士渴望的诺贝尔文学奖一样重大，多年来都没有中国人获过此奖！

金山很快成了本县、本市、本省乃至全国媒体和摄影界关注的对象。随后，县、市、省有关部门相继召开表彰会，分别给予金山二万元、三万元、五万元的重奖；加上艾维尔的五万美金奖金，金山一下子得到了几十万元人民币的奖金，名利双收。当然，年底时，县、市、省各相关部门的工作报告中，金山获得美国艾维尔国际艺术摄影大奖成为了他们最突出、最耀眼的政绩。

阳历年初，县摄影家协会主席康彬邀本县摄影界知名人士小聚，县文联主席蒋振国和县文化局局长任大力也参加了。席间，康彬、蒋振国、任大力频频与金山碰杯，说："金山，感谢你啊！由于你的获奖，县文化局每年的经费由二十万元提高到了三十万元，县文联的经费由原来的每年四万元提高到了七万元，县摄影家协会的经费也由每年一千元提高到了五千元！"金山忙说，不敢当不敢当，是各位领导的工作干得好，县领导也深知文化的重要性。

春节过后，由于金山获得这一具有国际影响力的大奖，县、市、省各相关部门领导纷纷被重用：县摄影家协会主席康彬升任县文联主席，县文联主席荣任县文化局局长，县文化局局长则升任了副县长；市文联主席荣任市文化局局长，市文化局局长则升任了副市长；同时，省文联主席荣任省文化厅厅长，而省文化厅厅长则升任了副省长。

可是，金山依然在企业里干宣传工作，只是头上多了一个没有实质用处的县摄影家协会副主席、市摄影家协会理事的头衔。

这天，金山下了班，一个人郁闷地去喝酒。直到喝完酒从酒馆出来，他也没弄明白这一切到底都是怎么回事：到底，这是谁获奖了？

谁耍了谁

　　龙马影视公司的高层和文学顾问、编剧等十几个人，在会议室里开半天会了。会议只有一个议题：是不是购买曹星星的长篇小说《直冲云霄》的电影改编权。此前，与会的所有人都看过了这部作品，但除了公司的一把手张总和一贯地忠心耿耿、言听计从、从不发表反对意见的几个人外，其余的全都反对购买这部作品的版权。

　　文学顾问欧阳燕是最坚决的反对者，她说："这部作品虽然是以时下经济飞速发展、风光而时尚的大上海为背景，讲述了从小感情深厚、但价值观和人生观却大为不同的一女两男三个年轻人的友情、爱情和亲情故事，但故事明显是生编硬造的，情感也是经不起推敲的！"

　　编剧冯甲说："这部作品的底子就不好，怎么改？"

　　最后，张总坦诚地说："说实话，我也认为你们的意见是对的，这部作品的确存在着很多缺点。但是，曹星星目前是80后作家中最红的，这部《直冲云霄》首印就是十万册，很快就销售一空，并已重印了两次，累计发行了三十多万册，是本年度最畅销的文学作品之一。这种市场号召力，有几个人能比得上？电影是一门艺术，这个我懂；但是，电影更是一种商品，从商品的角度来说，有三十多万册的发行量，我们即便拍得很一般甚至很滥，但我认为，也一定会有很好的票房。"

　　既然张总把话说到了这个份上，大家都不好再说什么了。

　　于是，公司安排人和曹星星的经纪人联系。曹星星的经纪人说："现在已经有多家影视公司在谈购买电影版权的事了。你们能出价多少？"

　　张总接过电话，问："现在最高的出价是多少？"

　　"六十万。"

　　"六十万？不可能吧？这个价格太高了……"

对方立即就挂了电话。

张总忙又打过去，问："你怎么挂了电话?"

"六十万你都觉得高，还怎么谈?"对方傲慢地说。

"我们出八十万，明天签合同付款，你看怎么样?"

"你说的是真的?"对方忽然高兴起来。

"当然!"

"好，成交!"

龙马影视公司以超过市场价近一倍的价格拿到了该书的电影改编权，第二天就签了合同。

钱到了账，曹星星在房间里兴奋地乱走，还故意地问经纪人："八十万就这样到手了?"

经纪人笑答："是，到手了!"

曹星星大笑着摇了摇头，又叹了一口气，说："挣钱真是太容易啦!这龙马公司也真够傻的，被我们耍了!八十万，是另外两家影视公司的出价之和呀!我不知道吗，其实这部作品写得很烂呀!印数也是有水分的呀。"

经纪人说："这就是生意嘛。"

随后，龙马公司就开了新闻发布会，宣布他们购买到了曹星星的畅销书《直冲云霄》，将邀请大腕演员，投资五千万元拍摄同名偶像影片。

很快，剧本就写好了，演员也到位了。随后，影片开机。影片拍摄进度很快，目的就是赶在明年的情人节上映。影片制作完毕，又举行了盛大的首映式。首映式后，正式进入院线放映。

让张总他们怎么都没想到的是，上映首日票房还可以，可是第二天很多负面新闻和评论就出来了，说"这部电影像原著小说一样，故事、情感虚假透顶，却打着青春偶像大片的名义骗钱"。此后，票房每况愈下。下院线时，票房总收入才勉强过四千万，成本都没收上来!

张总看着报表，肠子都悔青了。可是，事已至此，又能怎么样?原先反对他投拍这部电影的几个人也气得想找他"讨论"，但也都不敢来。

张总给上官燕打电话，叫她过来。

张总问上官燕："我们的票房怎么会这么惨?"

上官燕嘟着嘴说："起初我就不同意投拍这部电影……"

"不该这样呀!"

"事实就是这样：我们本来想要观众一把，可是，现在我们倒被观众要了一把！"

张总摆了摆手，不让说了："好了，你去吧。"

上官燕出去了。

看到报纸上连篇累牍对电影《直冲云霄》的批评之词，曹星星脸上也有些挂不住。他问经纪人："龙马公司怎么这么笨，连投资都没挣回来？"

经纪人说："管他们呢，反正电影上映前后我们的书又卖了十多万册！我们依然是赚的！"

曹星星却摇了摇头，说："他们的电影没收回投资，说明什么？说明电影不好！电影不好，潜在的意思是什么？是我们的原著不好！我们也被他们给耍了一把！……"

经纪人拍了拍曹星星的肩膀，说："别想这么多了。你趁着这个高曝光率，抓紧写下一部作品，抓紧出版。"

曹星星苦恼地说："上部《直冲云霄》就是胡编乱造的，我现在连胡编乱造的能力都没有了，还写什么？"

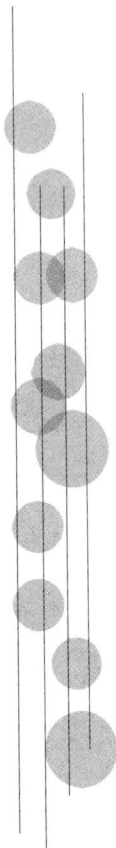

紧　　张

江里戴着墨镜和鸭舌帽，上了一辆公交车。

这里是二十三路公交车的终点站——新川市职业技术学院，这辆车将穿过这座城市，开向火车站。江里是从住宿的宾馆门前那个站台坐上这路公交车到这里的，因为从这里再往西走一公里，就是郊区。他在郊区转了半天，看蔚蓝的天空，看一望无际的庄稼，看路边那些不知名的花草。现在，他要返回宾馆去。

江里是一名当红的歌手。他是从首都北京"逃"到这个三线城市的，他逃离京城，关闭手机，是想暂时躲开那些讨厌的纷扰，让自己的内心静一静。可是，他实在太红了，这个三线城市的大街小巷里，也播着他最著名的那首歌——《你的冬天冷不冷》。

他上了车，坐到了最后一排最右侧的那个座位。车要开时，又上来了一男两女三个大学生，他们是职业技术学院的学生。这三个人也坐到了最后一排，最后一排正好是四个座位。他害怕被他们认出来，身子往外侧了侧。

车开了，这三个学生叽叽喳喳聊起天来。不知怎么，他们从最近上映的一部电影聊到了流行音乐，并很快聊到了他——江里的音乐。

那个瘦高个女生不屑地说："我不喜欢江里！一个月前媒体就揭露说，他在成名前一个月把自己的老婆给甩了！真是良心丧尽的当代陈世美！哼！"

江里听了，心里一疼。事实是这样的吗？当然不是！

一年前，他还只是一个国有企业的普通工人，工资不高。但是他特别热爱音乐，常常把自己的歌放到网上去。面对着物价的不断上涨，面对着婚后他总是"混"完工作就沉浸在音乐中不去想法多挣一些钱，七个月前，他那个凶悍的老婆再也忍无可忍，断然地和他离了婚，三岁的女儿也给夺走了。可是，谁都没有想到，他离婚一个月后，他自己谱曲、演唱的《你的冬天冷不冷》突然在网上蹿红了……

这时，那个男生说："我也不太喜欢他。不过，我不认为他离婚有什么大不了的，两个人没有感情了，离婚未必是一件坏事。我讨厌他，是原因他成名太快了，发财也太快了！他凭什么这么迅速就成了名？他有什么呀？不就是会唱两首歌吗！现在贫富差距越拉越大，有钱的更有钱，穷人更穷！都是他们这些人把社会的优质资源给占去了！我们还有一个月就毕业了，可到现在都没有找到工作！社会公平何在？"

江里理解这个男生的唠叨，但是他心里还是感到很不快。他是凭自己的实力，而不是靠"官老子"或"富爸爸"成功的。在他成名前，他遭遇了多少痛苦，还被妻子甩了！

另外一个丰满一些的女生说："我就是喜欢他！他虽然现场演唱有时会跑调，但他那种忧郁感很迷人。"

那个瘦高个女生和那个男生一起善意地嗤笑她，说："你呀，太浅薄啦！"

那个丰满的女生笑说："嘿嘿，那又怎么样？"

这番对话，让江里很汗颜。他在网上红起来后，一些音乐公司纷纷找上门来，要和他签约。最后，他和实力最强的一家音乐公司签了约，不久即发行了第一张专辑，销量迅速就蹿到了排行榜前五名。同时他也开始了商业演出。可是，他成名太突然了，他觉得自己好像还没有任何心理准备，因此，每次上台他都会不由自主地感到很紧张，不由自主地就跑了调。更可怕的是，一些娱乐媒体开始对他进行各种指责和污蔑，而这些指责和污蔑大都是捕风捉影甚至是恶意造谣，让他在舞台上更加紧张，有时候紧张得想逃离舞台。半个月前的那次演出，他刚上了舞台，就紧张得浑身发抖，最后只得狼狈地退了下去。他不得不跟公司老板说："我紧张得忍受不了了！我要请一个月假，休息休息！"老板看着他精神萎靡的样子，知道这样下去不行，就同意了。

到了第六站，这三个大学生下了车。江里透过车窗，看着他们越走越远，泪水无声地从眼眶中滑了出来……

他异常难受！他难受的不是自己无法克服紧张，而是外界对他的批评。他不惧怕批评，他惧怕的是外界对他的批评不是对他的歌，而是对歌之外的东西，更可怕的是那些东西大多都是不实的！不喜欢他的那两个大学生，不

喜欢的理由不是因为他的歌，而是不实的传言！而喜欢他的那个女生，喜欢的也不是他的歌，而是他的忧郁！

"我是一个歌手，你喜欢我的歌，你就听；你不喜欢我的歌，你就不听。对不对？可是，现实为什么不是这样？"他下了车，还是没有想明白。

精　品

　　贾老本来是不想参加"陈新意长篇小说《开花不结果》作品研讨会"的，可是，主办方已提前将礼品和红包预付了，不来实在不合适；他本来也是要坚决拒绝礼品和红包的，可是礼品和红包加在一起价值不菲，又让他实在无法抗拒。

　　研讨会上，这个大都市文学界的名流几乎都到场了，从京城里还来了几位大腕级人物。这让贾老稍稍感到了一丝心安。贾老其实不算老，离六十退休还有两年，去年才退居二线改任非领导职务。

　　贾老起初不愿与会，是因为他粗略地翻了翻陈新意的这部长篇小说，发现写的很差，故事和主题就是"门不当，户不对"婚姻的痛苦和婚外情，毫无意思；更重要的是，文字很差，不仅语句拉杂，居然还有明显的病句！然而，陈新意身份特别，他不仅是一个热爱写作的"作家"，还是一个大企业的老总。他陈新意凭什么想开研讨会就开研讨会？就因为有几个臭钱？自己从一个农村公社记分员开始，用了几十年才成为这个大都市的知名作家，其间经历了多少艰苦和磨难，自己才开过几次作品研讨会？

　　研讨会上，与会者都心照不宣地给予陈新意长篇小说《开花不结果》较高评价，即使有个别说到缺点的，也都是蜻蜓点水式的，不痛不痒。

　　终于轮到贾老发言了！他本没有什么准备，他一时多少有点儿手足无措。但他毕竟经过不少类似的场合，很快就把别人赞美的话重新组织了一番，说了出来。可是说到后来，他内心却又觉得十分难受，自己年龄这么大了，怎么信口雌黄这么溜？不由地，他说起了国内长篇小说的整个现状来："最新资料显示，去年我国长篇小说出版达两千余部。但事实上，只有不到一半能进入市场流通，另外一半，说好听点叫自娱自乐，说不好听就是迅速变成了垃圾。作为一名老作家，我很痛心！我们应当努力去创作精品，这才对得起读者的期待……"

全场立即变得鸦雀无声。

主持人看情形不对，忙打断说："贾老说的话，属一家之言，仅供大家参考。今天与会的专家很多，按照安排，每人发言不超过五分钟，下面请青年评论家李运雨发言，大家欢迎!"

热烈的掌声响起来，贾老才意识到自己刚才说了不该说的话，可是，主持人打断他的话却让他十分愤懑，但他又不好再说什么。

研讨会和宴会结束后，他回到家，老伴正在浇花。

老伴见他一副闷闷不乐的样子，便问其故。

贾老叹了一声，骂道："陈新意的《开花不结果》，也是垃圾! 还开什么研讨会，真是他妈的不像话! ……"

老伴忙劝他消消气："你看你，都这么大年纪了，还为这些无聊的事生气? 值得吗?"

老伴硬拽着他到公园去溜达溜达，散散心……

晚饭后，老伴打开电视，要拉他一起看韩剧。他却非要去书房，说："我还要写我的长篇小说《味道好极了》呢! ……"

老伴就松了手，看着他走进书房，长叹了一口气："写写写! 前几年写的两部长篇小说都还锁在柜子里呢，眼看要发霉成垃圾了! 还写! ……你不让人家看陈新意的书，你的书谁看呀?"

榜　　样

　　白迷糊心眼好是公认的：邻里有矛盾，他都挺身而出前去调解，矛盾双方见他来了，便都自动熄火灭焰，和好如初；邻居家的小猫小狗丢了，他也帮着去找；看别人打牌下棋，他也从来不语——当然，是因为他看不懂……因此，白迷糊深受大家的好评和推崇，很多社区里的公共事物，都让他当"代表"参与。

　　这个夏天的晚上，社区里许多人都在楼下乘凉、下棋，白迷糊在一旁看。这些人边下棋，边天南地北地瞎聊。有人就感叹地说，我们这些小民，为了省点电钱，只得出来混时光，电厂的人可都是开着门窗用空调，因为用电不要钱！接着就有人扯起来，说一些高垄断行业里的职工过的日子如何如何，像神仙一般快活，感叹人与人之间是多么不公平、不公正……

　　白迷糊是一个公司的仓库保安，工作认真负责、任劳任怨，还被评过"优秀员工"。此前，他觉得自己有饭吃、有衣穿、有房住、有亲亲热热的一家人，挺满足的，对大家说的这些问题他还真不甚了了，这时不禁惊出一身汗，怀疑道：有这事？大伙笑他：你还真是"迷糊"！他说：这哪行？我得找他们论理去！大伙都当是说笑，起哄说：我们都推荐你当代表，去问问他们为什么工资那么高、福利那么好？

　　第二天大家都上班去了，没人想到，轮休的白迷糊真去了市里那家属于高垄断行业、福利待遇最"不像话"的单位。

　　白迷糊进了这家单位的大院，看见里面停满了各式车辆，每个人都衣着光鲜、精神抖擞、喜气洋洋，像过节一样。在富丽堂皇、中央空调开放的办公大楼三楼，白迷糊找到了"总经理室"。一位女秘书问他找谁，他说找总经理反映点儿事。正闲极无聊的总经理在里屋听到有人找，忙热情迎出来，让女秘书上咖啡、递烟。白迷糊想：大家说的果然不错，这里真像天堂啊！

总经理平易近人地问白迷糊："白先生，你有什么事？能解决的我一定立即给解决。我天天坐在这，没正经事儿，都不好意思了。"

白迷糊说："没有什么大事，我就是想问几个问题。"

"请说。"

"听说，咱们公司的职工工资很高，是社会平均工资的好多倍？"

"对。我们垄断企业嘛，利润高。要依靠职工办企业，全心全意为职工服务嘛。"

"听说，你们的保洁工年工资就近十万，每天都开着高级轿车上班？"

"这是胡扯！保洁工年薪仅四万元！……不过，我们经常在春节、清明、中秋及国际环境日、儿童节、护士节、圣诞节等等几乎所有的中外节日——一年大概也就二百多个吧，都给大家发一些过节费和一些烟酒水果。这样算下来，一年大概也有近十万元的收入吧。至于每天开着高级轿车上班则完全是造谣，他们开的是最便宜的那种普通家庭轿车。其实这也不算啥，我们几乎每个职工都有车。"

白迷糊瞪大了眼："护士节、儿童节……你们也发过节费？"

"要构建和谐社会，不重视这些节日行吗？怎么能让大家每到这些节日，都想起他们呢？只有发过节费，不然都爱忘呀。"

白迷糊想了想，觉得确实是这么个理，又问："那，每个职工都有自己的车，你们为什么还有'上班专车'？"

"那是因为有两个吝啬的职工坚持不买车，非要像以前一样坐'上班专车'！"

"两个人，还用大客车接送？"

"你的意见提得很好，确实很浪费！我们也正准备买辆轿车接送他们，与时俱进嘛。"

"这还是浪费呀！"

"这是传统的福利，不给不行啊，他们会闹的！再说了，现在不都在讲保护非物质文化遗产吗？'上班专车'也是我们单位的传统非物质文化，亟待保护。"

"我还听说，你们每个职工每年都要组织公费在国内旅游一次、去国外旅游一次？"

"是呀。开阔职工眼界，工作才能干得更好嘛。"

白迷糊想了想，觉得也有道理。可想着自己单位并没有这些，实在太不公平了，憋屈地责问："为什么你们是工作，我们也是劳动，工资、福利却这么低？"

总经理叹口气，说："谁让你们单位效益没有我们好呢！更重要的是，你们领导没有依靠职工办企业、全心全意为职工服务的理念！有时我也为你们叫屈：为什么他们的心这么黑呢？！……"

白迷糊非常生气："那，你们也不应该这么乱发钱！这些钱都是国家的，怎么都成了你们部门的了？"

总经理依然和颜悦色，说："你还不明白？"

"我明白什么？"

"我们是你们的榜样啊！"

"你们是我们的榜样？"白迷糊气咻咻地反问。

"你看你，还被蒙在鼓里呢！世界是怎么进步的？手机是怎么普及的？电脑是怎么普及的？……是一部分人先用，之后才普及的。你得明白：现在我们的高工资高福利，使我们的生活水平走在了社会前面，甚至可以不谦虚地说我们的工作环境和生活都很奢侈。但，没有我们先过上这种好生活，没有'典型示范'，你们的领导怎么会改变观念，认识到工人也应该过好生活呢？怎么会给你们提高工资福利待遇呢？所以说，我们是你们的榜样啊！"

白迷糊醍醐灌顶，突然豁然开朗：总经理的话句句在理啊！白迷糊明白过来，反倒有些不好意思了，一个劲儿地道歉："我真是迷啊，错怪你们了！"

总经理大度地一笑，说："明白了就好嘛。"

中午，总经理执意挽留白迷糊在本市一家高档大酒店吃饭，并找了十多人陪酒。出酒店时，白迷糊握着总经理的手，说："谢谢啊！"总经理不禁脱口而出说："缘分啊！"

白迷糊喝高了，但心里却仍亮堂堂的，回家的路上，一直都感叹：他们是多好的人啊！他们是我们的好榜样啊！

底 气

孔光生在农村，父母都是"修地球"的，虽然大学毕业后幸运地找了一个城里妻子，然而妻家也是贫民家庭。三十大几了，和他一起进公司的，要么高升了，要么跳槽另谋高就了，只有他还是一个普通得不能再普通的公司职员，做任何事都小心翼翼、战战兢兢，讨论问题时也不敢发表自己的意见，生怕有个闪失，被老板打发"回家转"。有时候老板说话声音大了，他都忍不住浑身发颤。见了邻居，他也总是低着头，不敢主动说话，一副自惭形秽的样子。有时候他想着自己，觉得一点儿前途都没有，活得越来越窝囊。

但有时候，他又希冀着自己能突然飞黄腾达。想来想去，很多路都行不通，只有买彩票还有一点儿希望。但静下心来再一想，世界上经商办企业发财的都比买彩票发财的多，他又没有了信心。因此，彩票他只是偶尔买一回。当然，中的时候极少。

这天，他又买了一张彩票，但当晚的开奖直播他没看。第二天早上，他出门上班时，正巧碰到送《晨报》的来，于是就翻开报纸翻到彩票那版，看中奖号码。他一看，不觉一惊，报纸上登的号码很眼熟。当对照完最后一个数字，他差点儿晕了过去：完全一样！他中了五百万大奖！

妻子送儿子上学走过了，他想立即给妻子打手机，叫她回来，但又怕她一激动，当着很多人的面把这个消息泄漏出去。他定定神，决定等中午妻子回来再说。

走出家门的孔光，头昂得高高的，一副意气风发的模样，遇到街坊邻居都主动打招呼，问候："您吃了吗？"一个个男女老少街坊邻居都睁大了眼、张大了嘴，不敢接他的话，都以为他神经出了问题。看到对方光顾着瞪眼和张嘴，他很不满，说："你看看你们，什么素质？一点儿礼貌也没有！"众人更觉得他神经真有问题，都不敢惹地低头快速地溜掉了。

走到巷口，一个背着书包的小男孩从后面冲过来，撞到了他。他眼睛一瞪，怒道："怎么走路呢？不长眼睛？"跟在小男孩后面的孩子母亲一愣：他平时连看他们都不敢，今天居然敢这么横？于是就上前理论，说："你一个大人，怎么跟一个孩子一般见识？"他"回敬"道："怎么？自己的孩子没管教好，还指责起我来了？你想干什么你？"孩子母亲没料到他会这么"回敬"自己，觉得不对劲儿，咕哝了一句，就攥孩子去了。

到了公司，他的头也昂得高高的，想：老子不是以前的老子了，老子现在是五百万富翁了！看谁还敢看不起我？进了办公室，他刚坐下，总经理秘书莎莎过来叫他，说："孔光，申总叫你过去。"他扬起眼角，不紧不慢地问："什么事？"搞得莎莎是他的秘书似的。莎莎冷笑道："你昨天上交的那个计划，有很多问题，申总要你去解释解释……"他也冷笑了一声，说："开玩笑，我做的计划怎么可能会有问题？"

到了申总办公室，他往沙发上一坐，问："申总，什么事？说吧。"

申总愣愣地看了他一会儿：不对呀，以前的孔光总是畏畏缩缩的，今天怎么这么"放肆"了？

"说呀！"孔光催促道。

申总拿出昨天孔光交上来的那份计划，说："你这个计划，我没看明白，你给我详细说明一下……"

孔光瞪大了眼睛："申总，你开什么玩笑？我写得很清楚呀，中心意思就是：要开拓出这个新市场，必须采取擒贼先擒王的方法……"随后，他滔滔不绝地把想法说了出来，说了半个小时都没停住，而且句句在理。

申总很满意，说："孔光啊孔光，你的水平其实很高啊，以前怎么总是不露呢？"

孔光一笑，从申总桌上的一包好烟里抽出一支点上，说："这都是'小菜'。"

好不容易熬到下班，孔光打了一辆出租车，飞快地赶回家。妻子接儿子放学回来了，他立即把妻子拉进卧室，说："我们中大奖了，五百万！"妻子起初以为他想发财想得发了疯，当看了报纸又看了彩票，才确信他们真中了五百万！夫妻俩相拥而泣，过去的艰难日子终于熬到头了呀！

可是，妻子还是有些不放心，提出上中彩网看看上面公布的号码，看是不是一致。打开电脑，他们愣了：网上公布的中奖号码和他彩票上的号码有两个不一样！孔光慌了："报纸怎么会错呢？是网上弄错了吧？"

妻子说，赶紧给彩票中心打个电话问问。一问，彩票中心说的中奖号码和网上公布的一致。他们不敢相信，又给《晨报》打电话，打了半天才打进去，接电话的一个劲儿地道歉，说是他们登错了。

孔光和妻子彻底傻眼了！别说两个号不一样了，就是一个不一样，那命运也将大为不同呀！

孔光又变成了从前的孔光。下午出门上班，他不但低着头走，看到身边有人影儿都躲着。可是，躲着躲着，还是又被人撞到了，还是早上那个小男孩！他连忙向这个小男孩道歉："对不起对不起，挡着你走路了！……"跟在后面的孩子母亲，看着孔光，眼睛都直了……

孔光刚到公司，就碰到了申总。申总说："你马上到我办公室来一趟，有事要和你商量。"

孔光忙低头哈腰说："申总，我上午和你说的那些，你千万别往心里去，那、那都是我胡思乱想、不成熟的东西……"

申总不解地看着他，问："你那个意见，很好呀！"

孔光忙摆手，紧张地说："申总别开玩笑了……"

申总说："谁开玩笑了？我让你马上去我办公室，就是要商量具体怎么来实施你那个方案……"

别人有的

从小，孟潮汐的父母就告诉他，人要有一股子不服输的劲头，这样才会被人看得起。好在他们家的经济条件还不错，从上幼儿园到大学毕业，父母都尽量给他创造好的条件，无论是吃穿还是其他方面，都没让他感到不如人过。他呢，也争气，学习一直在班里是前几名。

大学毕业后，考公务员那么难，在他自己的努力和父母的"助力"下，孟潮汐还是顺利地考进了某局机关。

和孟潮汐一块考进这个局并被分配到同一科室的，还有另外一个男孩——郭襄。郭襄的家庭条件也不错，可以说，和孟潮汐不相上下。因此，孟潮汐就暗暗和郭襄较上了劲，既比工作，又比生活。

一天，郭襄买了一部最新款的智能手机，拿到办公室来，引起了大家的好奇。孟潮汐心里很不舒服，第二天也买了一部最新款的智能手机。大家都很羡慕地说："你们小年轻，真会享受生活啊！"

郭襄笑笑，说："就是觉得不错，才买的。"

孟潮汐则说："走在时代的前沿，才能不落后啊。"

不久，从好莱坞引进的一部大片在全国放映了。可是，这个城市不大，电影院多年都不怎么放电影了，这部大片就没有被引进这个城市。但郭襄趁去省城走亲戚时，顺便看了这部片子，回来后，就忍不住说这部电影如何如何好。

孟潮汐心里很不高兴，第二天就请了假专门去省城看这部电影。回来后，他也谈这部片子，但却说这部片子很一般，说郭襄崇洋媚外。

郭襄心里不服，但也不想和他争执，就淡淡地笑着说："艺术作品，各人有各人的看法，你觉得不好，也很正常。"

郭襄开始炒股了。起初，郭襄还是悄悄地炒的，但后来可能是因为股市

变化太快了，就忍不住在办公室的电脑上安装了相关软件，没事时就盯着看曲线图，随时买卖。办公室里的人看到了，有的人事不关己地笑笑，或者开玩笑地说一句："赚了钱，要请大家吃饭啊！"有的人心有不悦，但也只是撇撇嘴，没多说什么。

孟潮汐看到了，心里又翻腾起来。不行，我怎么能落在他后面呢？我也得炒股！随后，孟潮汐就在证券公司开了户，炒起股来。起初，他还真赚了些钱，就故意在办公室里宣扬，还主动地请大家搓了一顿。可是没多久，他就开始亏钱了，后来被深深套牢，割也不是不割也不是，就扔在那里了。看到郭襄每天看曲线图时也是一副愁容满面的样子，他心里才好受一些。

本来，孟潮汐不想那么早结婚，但郭襄却准备结婚了，于是他想，他也得结婚了。郭襄买了一套一百平方米的房子，他则买了一套一百零八平方米的房子。他得知郭襄将于某月某日结婚，并将安排十辆轿车去迎亲，他便和父母以及新娘、新娘的家人商量，在郭襄结婚前一天结婚。

孟潮汐结婚的时间安排得太像故意的了，办公室里有人就看不顺眼了，对郭襄说："孟潮汐这明显是针对你的！你得争口气，他不是先结婚、用十二辆轿车吗？你就增加六辆，用十六辆车！"郭襄笑了笑，说："我早看出来了，但是我不跟他较劲，没必要。日子好不好，是自己过出来的。"郭襄结婚时，还是按照原计划，只用了十辆轿车。

孟潮汐当然很高兴，觉得自己这次赢得非常漂亮！

后来，两个人的老婆都怀孕了，为了让自己的孩子先出生，孟潮汐硬是让妻子做剖腹产，提前把儿子生了出来；后来，郭襄被提拔为另一个科室的副科长，孟潮汐不甘落后，想尽一切办法，也终于被提拔为了副科长；后来，郭襄买了一辆十万元的私家车，孟潮汐咬咬牙，也买了一辆车，价格是十二万元……

一忽儿，十年过去了。虽然郭襄从来没有想过要和孟潮汐较劲，但是孟潮汐却从来没有想过不和郭襄较劲。让孟潮汐感到欣慰的是，他一直都没有输给郭襄过，虽然他的股票已经成了"骨灰"，车的花销让他感到压力巨大……

又过了两年，郭襄的母亲因病去世了。孟潮汐和单位的人一起去悼念了。回到家，孟潮汐显得很伤感。

妻子就安慰他说："你和郭襄较劲了这么多年，没想到，你对他还挺有同情心的。唉，别想了，这事，我们也帮不了他……"

孟潮汐却突然长叹一声，说："没想到啊，没想到啊，他的母亲比我的母亲先走了一步……"

妻子一听，拿棍子就往他头上打，气急败坏地说："我看你是疯了你!"

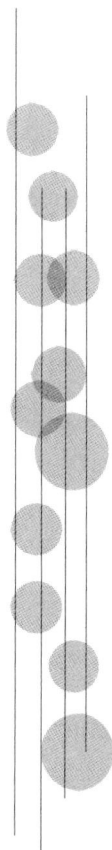

"好人"让人怀念一辈子

　　熊局长外出去某个全国著名的景区"考察",不料突遇车祸,因公殉职了!可是,和熊局长一起去"考察"的熊局长的司机、办公室苏主任以及一个科的科长,却都只受了一点儿轻伤,很快就出院了。

　　听到熊局长去世的消息,不光局里绝大多数人不愿相信,就连外单位的不少人也都不愿相信:这么好的一个人,咋就走了呢?可是,这种消息不是可以随便造假的,当大家意识到熊局长确实离开了大家时,很多人都痛哭失声。因为熊局长是大家公认的一个好人,且只有五十多岁呀!

　　因为熊局长是大家公认的好人,给他开追悼会这天,来了很多人,里三层外三层,简直可以用人山人海来形容了。追悼会由新上任的龚局长主持。当然,悼词也是由龚局长来念了。

　　龚局长念道:"熊局长,某年某月某日生于某市某县一个农民家庭,自幼家贫,然而他学习刻苦,后考入某某大学,毕业后分配到某县第一中学任教师……"

　　这时,龚局长的手机响了,他本想挂了,但一看是县领导的电话,于是向大家表示歉意后,离场去接电话了。

　　这时,周围的人情绪都有些激动,一个一个都想走到话筒前说几句心里话,向熊局长表达感激之情和敬意。

　　第一个走上来的是局里的一个老同志。他怀着激动的心情说:"熊局长不该走这么早呀!如果他还活着,继续当我们局长的话,我们大家的日子一定会越来越好的!大家知道,我们局原是一个清水衙门,福利待遇特别差。五年前熊局长上任后,看到我们局干部职工的福利待遇如此之差,他很是痛心,当时就流下了眼泪。为了给我们提高福利待遇,他多次向县里打报告,要求给予我们局设立一个审批收费项目。精诚所至金石为开,最后县里同意

了。我们有了这个审批权后，每年收费都是百十来万，虽然有些老百姓对此很不理解，甚至有的还向上级告状，但我们熊局长没有因此而明哲保身，而是坚定地站在了我们身边。仅此一项，我们局的干部职工，每年每人的福利就增加了 2 万多元，快赶上我们的工资收入了……"

第二个上来的是一个年轻人。他泪流满面地说："熊局长还特别关心我们年轻人。记得去年夏天，我们县遇到了严重的洪涝灾害，杞河水暴涨。为了保证杞河堤坝安全，县里要求每个局包一个点，我们局包点的是乔家圩子堤坝。那天夜里我值班，因为太累，我晚上忍不住喝了点儿酒，就睡着了。谁知夜里就崩坝了……可是，熊局长向县里汇报工作时，没有提我的一点儿责任，说当时我忠于职守，面临崩坝，仍不惧危险坚守在第一线。最后，我还被县里评为了'抗洪救灾先进个人'……我该怎么感谢熊局长呀？"

第三个上来的是一个戴眼镜的中年女干部。她一把鼻涕一把泪地说："是的，熊局长确实太好了！我女儿小璐——大家都知道，从小不爱学习，高考时没考上大学，最后托了人才混个大专文凭。毕业后，找工作特别难。我就求熊局长，能否将她安排进我们局下属的一个二级机构。熊局长没说二话，就同意了。为了我女儿，他排除万难，专门就我女儿的条件设置了招考要求，就是所谓的'萝卜招聘'，最后，虽然其他报考者都很优秀，但由于不是不符合这要求就是不符合那条件，都没被录取，而我女儿被顺利录取了……"

第四个走上来的人，出乎了很多人的意料，竟然是原来该局的邝副局长。邝副局长感恩戴德地说："大家都知道，我调出我们局之前，一直是和熊局长对着干的，他说西我偏说东，他说南我偏说北。可是，在上级要提拔我为另一个局的一把手时，熊局长不但没有在背后对组织说我的坏话，还说了不少好话，让我顺利地去了另外一个局当局长。我走后，腾出了位置，局里便提拔了一串人，这是多么得民心之举呀！"

第五个上来的是个大妈，她不是局里的干部职工，而是一个普通群众。这个大妈提到熊局长，也是不停地抹泪，她说："熊局长真是好人呐！两个月前，我求他办一件事……什么事我就不说了，我要说的是，本来按照'市场价'，办成这件事必须送一万块钱左右，可是熊局长体贴地对我说：'老嫂子，你挣钱也不容易，我就收 4990 块钱吧。'大家伙看看，他一句话我就少花了 5010 块钱！这个折扣，是多么大呀！这样的好人，让人怀念一辈

子呀！……"

这时，龚局长接完电话回来了，听到第五个人在台上那么说，脸上有些挂不住了，立即斥责她说："你在胡说八道什么？赶快给我下来！"

那个大妈看龚局长回来了，就乖乖地下了台来。

于是，龚局长接着念悼词："熊局长一向关心人民群众和广大干部职工，对工作满腔热情，兢兢业业，任劳任怨，一身正气，两袖清风……"

报　　导

市日报招考记者，刚大学毕业的何田田幸运地被录取了，被分配跟经验丰富、多次获过各种新闻奖的首席记者汤华实习。

这天，市文联和市作协联合为本市青年作家马骡举行作品研讨会。何田田和汤华一起去采访。去的路上，汤华对何田田说："马骡是我的好朋友，不然，这种会议新闻我是不会来的。今天的稿子就由你执笔，我改一下就行了……"

何田田很激动，说："我能……行吗?"

"这种报导比较简单，你能行，多写点儿好话就行了。"

他们到会场后，研讨会就开始了。主持人首先介绍了与会领导、作家和评论家，然后说："各位领导，各位来宾：大家上午好! 近三年来，马骡创作了多部中短篇小说，大都在国内各公开刊物上发表了。不久前，这些作品又结集为《亮亮堂堂》正式出版发行。因此，今天召开马骡作品研讨会，就是请各位评论家、作家畅所欲言，对他的作品进行全面、深入的研讨，这必将对马骡向着更加深远的文学世界进发提供持久的动力。"

何田田迅速地把这些话摘要记录了下来，汤华则抱着双臂旁听。

评论家李新首先发言："主持人说的很好，咱们不要对马骡爱护过度、关爱过度。关爱过度，成长会受影响。那么，我就只谈他作品的缺点，不谈优点。我认为，他的作品最大的缺点，就是视野还比较狭隘，格局太小了。格局要更大一些! 你要想到广阔的世界，而不光是乡村这个小地盘。所以，你现在应该有更多的观察，把作品写得更有广阔性。你现在面临着怎么扩展自己、发展自己的问题。"

评论家温煦接着说："我也讲几点缺点吧：一，小说叙述方式很重要，但你的很多作品都是一种叙述方式，太单一。二，你的语言，包括整个叙事，

太暖，太软，缺乏坚硬的东西。同时，你的语言看上去很华丽、典雅，但远没有达到出神入化的境地，要注意节制。比方说你形容夜晚女人变成一条河，汹涌澎湃，泛滥成灾，你的语言修饰太过了，给人很过分的感觉。类似语言你的作品中很多。中篇小说《颜色》是一部非常失败的作品，没有多少味道，不该收入集子。"

接着又有几位作家、评论家评论了马骡的作品，也都是缺点说得多，优点说得极少。

何田田不禁轻问汤华："汤老师，这些评论多是负面的，稿子怎么写呀？"

汤华笑笑，不置可否地说："这才能锻炼你呀！"

这时，评论家孔海却给予了马骡作品较好评价，说："读马骡的作品，给我的整体感受就是，秋风细雨润物细无声。既不像有些作家非常简单地去表达人性的暗度和亮度，也不像有些作家非常痛苦地表达社会的坚硬和阴冷，他的作品非常温润地表现了世俗生活，揭示了社会真相，特别注重心理描写，特别擅长细节表达。我相信他能走得更远！"

何田田这才转愁为喜，把他的话仔细地记了下来。

……

整个研讨会，发言的有二十多人，可是只有两人突出地谈了马骡作品的优点，其余的大都是谈他的缺点。何田田得到的结论是：缺点一大摞，优点却很少。散会前主持人作总结时，何田田苦着脸，轻声问汤华："汤老师，你看，这个稿子不好写呀。"

汤华又没事人一样，笑说："呵呵，你就根据自己的想法写。"

散会后，集体到大酒店就餐。报纸、电视、广播等媒体记者在一桌。马骡过来一一敬酒，说："今天各位评论家、作家老师给了我很多批评。因此，还请各位老师、朋友多多给予表扬呀。"敬到汤华时，马骡还把他拉到了一边，说："哥们，你们是咱们市最有影响的媒体，你得多多美言呀！"汤华信心十足地说："没问题，你放心。"

回到报社，何田田就开始写稿子了。她周到地把方方面面的观点都写了进去，当然，结论也是：缺点一大摞，优点却很少。写完后，她用 QQ 传给了汤华，请他修改。

第二天，何田田看到报纸时，大吃了一惊，这篇稿子被汤华删改得已面

目全非：

擅长细节表达　揭示社会真相（眉题）

马骡作品研讨会昨日举行（主标题）

本报讯（记者　汤华　何田田）昨日，由市文联、市作协联合主办的"马骡作品研讨会"在新光大酒店举行。来自省城及我市的知名评论家、作家就马骡的小说集《亮亮堂堂》展开了热烈讨论，给予高度评价。

马骡上世纪六十年代末出生于我市，现任美丽集团企划部总经理，曾在《××文学》等数十家报刊发表小说近百篇，部分作品被国内权威选刊多次转载并入选多种小说年选本，曾获灌水文学奖等诸多奖项。

评论家孔海告诉记者，读马骡的作品，如秋风细雨润物细无声。他的作品非常温润地表现了世俗生活，揭示了社会真相，特别注重心理描写，特别擅长细节表达。"我相信他能走得更远！"

何田田看完这条报道，忽然对自己充满了怀疑：自己是不是不适合做记者？她想，一个优秀的记者，就是这样写稿子的吗？这条新闻报导，没有一句话是虚假的，可是看完后却又觉得完全不真实！

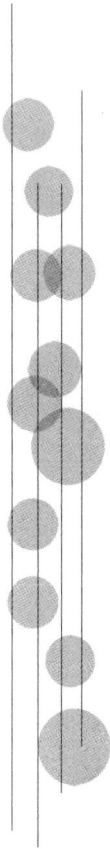

只是一种姿势

这天下午，工作不忙，办公室里的几个人聊起天来。聊着聊着，话题不由自主转到了娱乐新闻上。一个人说起了刚在网上看到的一个著名歌手被疑另结新欢并吸毒的消息，付亚随口说："丑闻是一种姿势！"大家一下子没明白过来，问："什么意思？"付亚说："这些明星们什么时候说过真话？——导演明知自己的电影并无新意，但为了票房偏偏把它说得神乎其神；歌手要卖新碟了，各种稀奇古怪的新闻就都出来了，包括丑闻……这都是做给人看的，目的就是吸引人们的眼球！所以说'丑闻只是一种姿势'。看吧，过两天这个明星就会出来发表声明，予以否认，但这个声明肯定会留有明显漏洞，供舆论质疑，使这件事掀起更大风波；直到他的新歌碟卖得差不多了，才会彻底澄清。"大家一想，是啊，这也的确不是秘密的"潜规则"了。果不其然，这个歌手的歌碟卖得差不多了，其经纪公司才出面予以彻底澄清，这件事才告风平浪静。

付亚这句话只是随口而说，下班后就忘了。但单位里的丁小毛却在潜意识里记住了。这天，丁小毛和几个朋友在"月关大酒店"聚会，当大家谈论到一个被刻意包装的"先进典型人物"背后的真实故事时，有些喝多了的丁小毛不禁脱口说："'先进'只是一种姿势！"大家一听，都觉得这句话说得好，切中要害。

但除了从事网管工作的徐媛外，其他人也很快忘了丁小毛的这句话。徐媛有写博客的爱好，回到家，她写了一篇记述这次聚会的文章《先进只是一种姿势》，放到了她的博客上。

第三天，徐媛的这篇博文恰巧被北京某大报评论部副主任胡明无意中看到了。受此启发，他遂以《××只是一种姿势》为题，写了一篇社会评论。这篇评论在报纸上发表后，在读者中引起强烈反响，各大网站也纷纷予以转载。

　　不久，远离普通百姓生活已久的著名笑星于先的三个小品在"春晚"节目审查中接连被毙，焦急、苦恼中，他突然想到了上网寻找素材。看到网上流传的"年度热门词句"时，他发现"××只是一种姿势"这个句式传播率虽相对不高，但却很有意味，不禁灵感突现，神速地创作出了新小品《我只是一种姿势》。没想到，这个小品很顺利地通过了"春晚"节目审查，并且，"春晚"直播还没结束就火遍了全国……

　　付亚和丁小毛当然也看了这个小品。付亚觉得这句话有点儿耳熟，但一时也想不起在哪儿听过。丁小毛却想起了什么，对付亚说："我记得几个月前你就说过类似的话，你当时说的好像是'丑闻只是一种姿势'。"这一提，付亚也有点儿印象了，但又觉得这两者距离还是很远的，他说："唉，巧合吧，现在信息传递太快了，人们的生活越来越相似，感受也越来越相似了。"

　　"我只是一种姿势"成为新一年最流行、最时髦的语句。在人们的街谈巷议以及媒体对著名笑星于先的采访中，都不约而同地认为这句流行语的原创者是于先。面对媒体，于先总是带着惯有的笑嘻嘻表情，说："这句话是我在家刷锅时得到的灵感。我们辛苦的创作，能得到广大观众朋友们的认可，给大伙儿带来欢乐，我们很开心！"

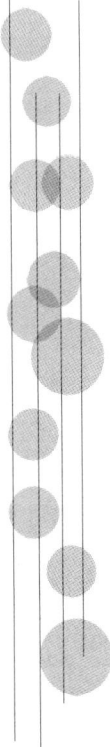

总统套房

华总不是我们县的首富，但他绝对是本县工商界最知名的人物之一。他年轻，有头脑，十几年前大学毕业后白手起家，如今已拥有了多家公司，资产达数千万。他讲信用，交友广泛，人缘极好，我们这些生意上的伙伴都很信任他。

因此，他提出建一座本县最高档的宾馆，想请我们入股时，我们都一致表示同意。不久，我们就注册成立了新公司，大楼也以最快的速度建成了。

我们开董事会讨论装修等问题。华总突然提出了一个新主意："怎么显示我们这个饭店是本县最高档的呢？除了装修绝对一流外，我们还要装修出一个总统套房，这个套房装修费用最低要一百万，而且整个一层楼也只设这一个总统套房，还要安排保安二十四小时站岗。这个总统套房，住一晚最低一万元！"

我们其他几个股东一听，都异常吃惊，面面相觑：华总不是疯了吧？

我们说："我们这个小县城，弄一套总统套房，谁来住？这不是糊弄吗？"

华总说："这才能体现我们宾馆的高贵呀！"

可是，我们其他几个股东都坚决不同意，认为这不符合投入与产出的基本经济规律。

看我们坚决反对，华总最后猛拍了一掌桌子，说："如果谁不愿意，谁可以退股！"

和华总处了这么多年，他一向都是谦谦君子的风度，今天怎么突然发起飙来了？大家互相看了看后，除了我，其他几个人都从座上站了起来，一起说："我们都退股，你自己干吧。我们可不想跟着你发疯，拿钱摆谱、打水漂！"

这时，华总也突然意识到自己情绪有些失控了，忙站起来说："各位兄弟们，我们在生意上合作了这么多年，你们还不了解我吗？我是那种拿钱摆谱、打水漂的人吗？我作出这个决定，肯定是有我的道理的。"

其他几个人都说："那你说清楚，你到底有何用意？我们都是生意人，拿钱是要生钱的！"

华总张口欲言，但不知为什么，最后还是没有说，只说："你们不信任我吗？"

其他几个人一起反问道："你不信任我们吗？你为什么不能开诚布公地把你的想法说出来？"

华总沉默了一会儿，说："做生意，有时候和搞政治一样，是不能把话说透的，否则不合适……我可以保证，等我们的宾馆开业一年后，各位一定会理解我的用意的，而且这个用意对我们所有的人都是有极大益处的……"

但是，这番话还是说服不了其他几个股东。他们甩下一句"我们坚决不同意乱花钱"后，就一起走了。

会议室里，只剩下我和华总两个人了。

我们俩是多年的合作伙伴，由于年龄相仿，谈话投机，我们的关系要比他和其他几个股东更近一些。我坐下来，问他："你到底为什么要多花这些无用的钱呢？"

华总看着我的眼睛，问我："你，难道也没有悟出来吗？"

我想了半天，也没有想通，于是摇了摇头。

华总叹了一口气，说："老弟，我们处十多年了，你觉得我这个人在生意上有过重大失误吗？"

我想了想，老实地说："没有。"

华总又问我："那，你相信我这样做，一定是有道理的吗？"

我又想了想，点头说："我相信，但是你为什么就不能明说呢？"

华总说："我刚才已经说过了，做生意有时候和搞政治一样，是不能把话说透的。"

我看着他真诚的表情，决定支持他。

后来，在我的劝说下，加之大家对华总能力、为人的信任，都勉强同意了用整个一层楼、花费一百万装修出一个总统套房的决定。

由于我们宾馆是全县唯一有高级总统套房的宾馆，宾馆开业后，我们的普通房间定价也达到了每间每晚三百多块钱，而本县其他不错的宾馆普通房

间每间每晚的价格最高的也不过是二百块钱。

果然不出我们所料，到了年终，我们的总统套房也没有一个客人来住过。可是算总账时，我们发现，虽然总统套房没人住过，还要支付日夜二十四小时的保安费用，但我们还是比其他宾馆的收入多得多：且不说一般的宾馆入住率只有百分之五六十，而我们的入住率接近百分之百，单说我们二百多个房间，每间每晚就比其他宾馆多收入一百块钱，一年三百六十五天，二百多个房间，就多收入了七百多万！

这样一算，我们几个股东终于都恍然大悟：总统套房虽然一天都没有人住过，但它不是没有价值的，它吸引了更多的客人来我们宾馆入住，提升了入住率；同时，我们其他房间的价格也有了高企的理由！

第二年，华总通过媒体对外宣布，我们宾馆将对总统套房进行更高档次的装修。装修完毕后，总统套房的价格达到了每晚一万八千元，其他房间的价格也水涨船高涨到了每晚每间五百元，而且依然每天顾客盈门，很多没能住进来的客人还都感到很遗憾……

轿车简史

　　程昱、江滨小时候，这个县城只有两条大马路，汽车更是少得可怜，尤其是轿车。但他们各自的父亲都是县里的干部，两家都住在县委大院，因此，他们俩很要好，也常常能见到轿车。

　　那时候的轿车，只有县委书记、县长这个级别的才能坐，像他们父亲这样的普通干部，下乡什么的都是骑自行车。他们这些小孩，当然更很少有机会能坐上轿车了。因此，他们俩都对汽车充满了好奇，尤其是程昱。

　　一次，他们俩看着县长的轿车从大院里开出去，程昱说："江滨，将来我们俩也要当县长，坐轿车！"

　　江滨挠了挠头，说："可是，县长只有一个呀……"

　　程昱看了江滨一眼，说："你真笨，我当县长，你可以当副县长呀！"

　　"噢。"江滨这才反应过来。

　　不久，社会就开放了，程昱和江滨的父亲都被提拔重用起来。程昱的父亲成了一个重要部门的一把手，有了轿车。而江滨的父亲由于是单位的二把手，没有轿车。

　　这时，程昱和江滨都在县一中上初中。程昱看到父亲有车了，高兴极了，要父亲安排司机每天开车送他去上学。父亲瞪了他一眼，说："你一个小孩子，怪能想呀！那车是给我工作用的，家里人谁也不能坐！"

　　程昱生气地出了家门，见到江滨，江滨羡慕地说："程昱，你爸有车了呀！我真羡慕你……"

　　程昱撇着嘴说："唉，有车也不是我的！哼，将来我要有自己的车！"

　　又过了两年，江滨的父亲也成了单位的一把手，也有了车。可是，因为程昱有过教训，江滨没敢对父亲提出坐轿车的要求。父亲也从没让他和母亲搭过一次便车。

　　不久，程昱和江滨升入了大学。江滨父亲很高兴，要用新换的轿车送他去上大学。江滨高兴坏了，见到也考入另一所大学的程昱就说出了这件高兴事。

　　程昱回到家，就忍不住对母亲嘟囔地说起了这事："这么多年，俺爸都没让咱们坐过他的车，这次，他一定得开车送我去上大学！"

　　母亲对父亲也很有意见，说："就是，这事我跟他说。现在还有几个人像他这样不公车私用？"

　　程昱的父亲下班回来了，程昱的母亲就对他提了这个要求。

　　程昱的父亲想了想，说："好吧，就开车送他去上大学！"

　　程昱高兴极了。

　　江滨大三的时候，谁都没有想到，江滨的父亲坐小轿车下乡时，遇到车祸，以身殉职了。江滨家的天塌了，江滨和母亲陷入了巨大的悲痛之中。

　　程昱和江滨大学毕业后，已是副县长的程昱父亲，把程昱和江滨都安排到了县直部门，只不过程昱进的是政府部门，江滨进的是事业单位。

　　很快，程昱就学会了开车。有时他有事，就把父亲的车开过来，像开自己的车一样。然而，江滨却每天都是走路去上班。

　　程昱人聪明，眼皮子又活，加上有父亲的帮助，几年后就当了副科长，进而又当了科长。而江滨因为从小就"死心眼"，不会"来事"，依然没有任何进步，还是一个普通的工作人员。

　　又过了几年，程昱的父亲退休了。而程昱成了单位里的副局长，和其他几个副局长共同有了一辆车。

　　因为程昱和江滨都还住在县委大院，且在同一幢楼，有时候程昱坐车去上班，就会碰到江滨走路去上班。他们上班同向，江滨的单位还近一些，但因为这辆车是几个副局长一起坐，程昱心里虽然想带上江滨，却也不好说。有时候，两人见了面，程昱就有些尴尬。

　　程昱就忍不住想：我要尽快当一把手！

　　不久，程昱果然成了一把手，有了专车。这时，江滨才是单位里一个部门的副负责人，离有专车还早着呢。因此，程昱每天坐专车去上班，江滨还是走路去上班。

　　他们时常还会在楼下碰到，程昱就真诚地对江滨说："我带你一程吧。"

　　可是这些年来，江滨却越来越"死心眼"了，说："这一二十年我都是走路去上班，习惯了，还能锻炼身体。我就不坐了，你先走吧。"

程昱好多次这样主动地说，都被江滨婉拒了，程昱渐渐对江滨就有了一些心结：没我混得好，还不服气起来了！于是，以后就晚走几分钟。

又过了几年，如同一夜春风后千树万树梨花开一样，家庭轿车开始普及了。江滨的儿子和程昱的儿子，都买了小轿车代步。程昱也每天都坐着小汽车去上班，身体也更发福起来，而当了单位某部门负责人但仍没有车坐的江滨，依然每天都走路去上班。

又过了几年，刚过五十岁的程昱得了重病，住进了医院。医生对程昱老婆和儿子说，恐怕是没有多少日子了……程昱老婆和儿子失声痛哭起来，问医生他的病是咋得的？医生说，他缺乏锻炼，饮食又没有节制……敏感的程昱也意识到了来日不多了，长吁短叹。

江滨知道程昱来日不多时，想到两人多年的友情，也不禁流下了痛苦的眼泪。

这天，江滨步行去医院看程昱，陪程昱坐了好长时间，说了很多贴心的话。

江滨告辞出病房后，程昱要老婆和儿子搀他起来，走到窗前。

程昱看见江滨出了医院大门，还是走路回家，忽然流如雨下，说："我多想象他那样，还能天天走路呀，你们看，他的步子迈得多稳当啊！以前，我咋就没有发现呢？……"

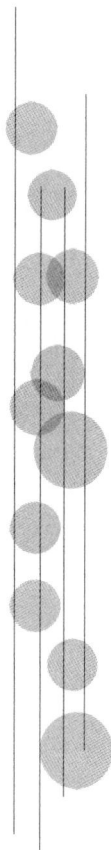

我 是 谁

金融危机爆发，越来越多的公司陷入困境，人们都捂紧了钱包，开支越减越少。文化娱乐业也受到了严重的冲击。繁星音乐公司的大牌歌星盛大可，因为出场费太高，已没人敢请了。

看着比自己知名度差很多的歌手在降低身价后时不时还能接到一些演出邀约，盛大可心里十分烦躁。公司董事长兼总经理邵总，也十分焦急。

这天，盛大可找到邵总，说："邵总，要不，我的出场费也往下降降吧？我不能老是这样闲着呀！"

邵总脸色铁青，说："你是我们公司最大牌的明星，你的出场费如果降了，会给公司带来一系列问题……"

"可是，我已经两个月都没有演出邀约了呀！"

邵总叹了一口气，说："过段时间再看吧。"

又过了两个月，依然没有演出邀请盛大可，公司里那些知名度一般、要价较低的歌手，演出机会也比以前少了。公司又裁汰了一批人。

眼看着公司经营一天比一天差，邵总突然灵感突现，想出了一个办法……他立即打电话把盛大可叫到了他的办公室。

"我想出了一个主意……但不知道你同不同意？"邵总开门见山地说。

"你快说。"

"我想把你的出场费降下来……"

"我同意，只要有演出机会，就比闲着强！"

"不是，"邵总吞吞吐吐地说，"我是想、想让你变成山寨版的你……"

"什么意思？"

"直截了当地说吧，我的意思是：你是我们公司最大牌的明星，你的出场费是不能降的，因为这关系到我们公司在国内音乐界的地位；你的出场费

降了，就意味着我们公司在国内音乐界的地位往下掉。我想往外放出风去，说你因身体不适，需要去加拿大休养一年。一个月后，你悄悄从加拿大回国，我们再召开新闻发布会，说我们公司找到了一个能够天衣无缝地模仿你的歌手——这个歌手艺名叫吴大可，也就是山寨版的你，然后你以吴大可的身份进行演出；因为吴大可是山寨版的你，出场费却只有你原来的三分之一，这样就会有很多人愿意请你，我们依然可以赚很多钱。"

邵总连说了两遍，盛大可才听明白，简而言之就是：他不再是盛大可了，而要变成一个叫吴大可的人，然后以"山寨版盛大可"的名义演出。

这是一个什么样的馊主意呀?! 盛大可心里真是难受极了！可是，在目前这种环境下，还有更好的办法吗？答案是，没有！盛大可只得被迫同意。

在随后的新闻报道中，盛大可去了加拿大休养；"山寨版盛大可"——吴大可横空出世；吴大可像盛大可一样有着高品质的演出，且出场费只有盛大可的三分之一，因此受到了热烈欢迎，演出日程被排得满满的；越来越多的人渐渐忘记了盛大可，记住了吴大可；随着经济形势的好转，吴大可的知名度超过了原来盛大可的知名度，出场费也高过了盛大可……

可是，这一年来，盛大可每天都在扮演"山寨版盛大可"，内心里是十分不开心的。因此，他希望这一年赶快过去，重新做回盛大可。

快到"盛大可去加拿大休养"一周年时，盛大可主动找到邵总，讨论"盛大可即将从加拿大回来，怎么办"这个问题。

邵总笑了笑，说："盛大可已经远离大家视线快一年了，不少歌迷都把盛大可忘了；再说，'吴大可'现在的知名度和出场费都不亚于'盛大可'，我想，你干脆就把'吴大可'当下去吧。"

盛大可一下子就火了，说："怎么能这样?!"

但是，不管盛大可怎么说，邵总都不同意他恢复盛大可的身份。

邵总说："你恢复了盛大可的身份，'吴大可'怎么办？他突然之间不见了，那些歌迷怎么接受？我们这些事如果露馅了，那可不是闹着玩的……"

"那'盛大可'就永远'呆在加拿大不回来了'吗？"

"我不是说了吗，盛大可已经过气了，还有几个人去关心他？现在，更多的人是在关注'吴大可'！"

显然，邵总说的更有道理。盛大可只得同意。

于是，"盛大可"从歌坛彻底消失了，"吴大可"彻底代替了"盛大可"。

此后，他每次上台演出，第一句话都忍不住问台下观众："我是谁?"台下观众热情地一起答道："吴大可!"他则郑重地纠正说："不，我是盛大可!"于是，台下观众都为他的"幽默"而开心地笑起来。

又过了一段时间，每次上台演出，他都好像丢了魂一样，开始频频出"状况"，不是唱错词就是忘词，后来更老是跑调⋯⋯

邵总看到他这种情况，意识到问题严重了，于是和盛大可商量，决定让"吴大可"去加拿大休养，让盛大可"回来"。

盛大可瞪着两眼，看着邵总，问："我究竟是谁?"

错 下 去

夏明超是土生土长的龙发镇人，高中毕业进入乡政府（现已改"镇"了），从办事员干起，退休时是镇人大主席。退休后，出于对家乡的热爱，闲不住的他开始收集、整理家乡的相关历史和传说。

龙发镇位于皖北地区，是一个颇有历史的集镇。据当地县志记载，龙发是本县最古老的五大集镇之一。早在春秋时代，这里就有人居住。宋朝时即有店铺。元末刘福通在颍州府起义，揭开了反元起义的序幕。龙发镇位于起义军活动的重要区域，生于该镇的年轻人夏飞参加了朱元璋的队伍，后成为明朝著名开国将领，这里当年也是夏飞所率起义军的根据地。如今，这里依然留存有夏飞屯兵时的三十多眼饮水井（传说原有一百零八眼），以及饮马池多处。夏飞过世后，当地人为了纪念他，还建了夏圣寺。史载该寺占地数十亩，有房二百余间，僧众数百余人，是当时皖北地区最大的寺庙。后来由于"黄泛"、战争等原因，该寺逐渐被破坏，"文革"时被破坏殆尽。在当地流传的关于夏飞的故事更是十分丰富。

尤其让当地人骄傲的是，当年夏飞亲手栽种的一棵银杏树，历经六百余年，依然枝繁叶茂，高三十余米，两人合抱都抱不过来，当地人称之为神树。

通过几年的努力，夏明超将龙发镇的这些历史及传说都收集整理了出来，准备出一本书。新来的彭镇长原是县文化局副局长，他知道这个消息后，很感兴趣，主动找到夏明超，说："这本书，由镇里出钱来出版！同时，为表示对你的敬意，我们还要支付给你一定稿酬。"

夏明超十分激动，说："这可太好了！彭镇长，你是一个真正的文化人呀！"

彭镇长说："文化是什么？文化就是人的精神动力。没有文化，人还有什么精神动力？经济还怎么发展？因此，一个国家要有一个国家的特色文化，

一个县要有一个县的特色文化，一个镇也要有一个镇的特色文化。是不是?"

夏明超说："彭镇长，你说的太对了! 没有文化，人和动物还有啥区别?"

不久，这本书就印了出来。

随后，彭镇长又和夏明超等人商量，拟将夏飞这张名片打造成该镇一张靓丽的名片，以促进经济发展。具体而言就是，镇里今后每年都举办一届夏飞文化节暨经贸发展会。但考虑到与夏飞有关的夏圣寺不是一时半会儿能恢复起来的，那些饮水井也不具有强大的吸引力，镇里决定以夏飞亲自栽种的那棵银杏树为核心，建设夏飞文化园。

大家都很兴奋，一致同意。

于是，镇里请人开始规划设计夏飞文化园了。

这时，市里开始对全市为数不多的古树进行调查建档，并准备拨款加以重点保护。听到这个消息，彭镇长很高兴，对夏明超说："这下，我们又能向市里和县里申请到一笔建设资金了!"

夏明超也认为这是好事，说："看来，我们的夏飞文化这张牌，真的很快就能打出去了!"

不久后，市里的专家组来调查，镇里接待十分热情。

可是，当几个月后市专家组整个调查结束，召开新闻发布会，并在本市日报公布结果后，彭镇长和夏明超都傻了眼：经专家组科学鉴定，这棵银杏树树龄仅为四百年左右! 这就是说，这棵银杏树根本不是明朝著名开国将领夏飞亲手所栽，甚至可以说和夏飞根本就没有任何关系! 因为相隔着二百年呐!

彭镇长找到夏明超等人商量怎么办。

夏明超还没看完报纸，就脸红脖子粗地说："他们这些人简直是胡说八道嘛! 我们龙发镇人代代相传这是夏飞将军亲手所栽的树，又不是我没有根据地瞎编的。我带几个人去市林业局找他们专家理论去!"

彭镇长担忧地说："这也不是儿戏，他们不该弄错呀——"

夏明超说："一定是他们弄错了!"

夏明超带着几个老同志真的去了市里，找到了专家组负责人。

听了夏明超的意见后，这个专家组负责人说："我非常理解你们的心情，但是，我们的确是用科学的方法测定的，也是经过反复验证的，不可能有错

的。那棵银杏树树龄，确实只有四百年左右。"

面对着专家拿出来的科学证据，夏明超等人只得垂头丧气地回来了。到了彭镇长办公室，他们都不住地唉声叹气，说："那，这个夏飞文化园还建不建了呢？"

彭镇长想了一会儿，说："建！"

夏明超等人说："可是，这不是夏飞亲自栽的树呀！也就是说，这棵银杏树跟夏飞没有关系呀……"

彭镇长说："怎么能没有关系呢？我们当地老百姓代代相传这是夏飞亲手所栽，这不就是很好的依据吗？"

彭镇长这么一说，大家都觉得从这个角度看问题，也很有道理，都觉得眼前豁然开朗了……

半年后，以那棵古银杏树为核心建设的夏飞文化园，建成并对外开放了……

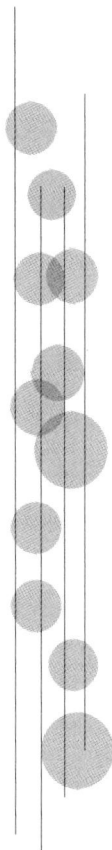

容　忍

　　干海潮穿衣一向都不讲究，除了周围邻居和熟人知道他有钱外，一般人看他的穿着都会误以为他就是个穷酸的小市民。

　　这天，干海潮去一家珠宝店，想选购一件礼物给自己的小孙女，再过几天就是小孙女的五周岁生日了。

　　到了玉器店，打扮入时的女营业员看他这身穿着，就对他爱答不理。干海潮有些生气，说："你是不是做生意的？客人来了，你什么态度？"

　　女营业员轻蔑地看了他一眼，还是没答话。

　　干海潮更来气了，说："你叫什么名字？我要投诉你！"

　　女营业员故意凑过来，让他看自己胸前的工作牌，说："我叫韦露露，你尽管去投诉好啦。哼，这可是高档珠宝店，看看价格吧——"

　　干海潮说："喊，你看不起我？"他"啪"地甩出几沓钞票，"这款8888元的玉佩，我买了！"

　　韦露露这才换上一副笑脸，说："对不住了，我还真以为您买不起呢！现在我服您啦！您真有钱，真敞亮，真大方！"

　　干海潮付了钱拿了玉佩，临走时还是忍不住去投诉了韦露露。干海潮走后，韦露露就被经理叫到了办公室。

　　看到韦露露走进办公室，经理就立即笑出了一朵花来，夸奖说："不错，今天又有人投诉你了。一定是又做成了一笔大买卖吧！"

　　"那当然啦！告诉你吧，他虽然穿得很不讲究，但他一进门，我就看出他是一个有钱人……"

　　"怎么看出来的？"

　　"很简单，他虽然衣着普通，但他精神高亢，没有一点儿穷人的自卑状；而且，我还看到他手上的那只手表是世界名牌，值一万多块钱呢！因此，我

判定他肯定是个有钱人，而且是个挣钱很容易但又没什么文化的暴发户，最受不得别人激！"韦露露骄傲地说，"那个玉佩标价是8888元，其实只值3000块钱，我故意激他，一分钱没便宜他就买了！"

"你真厉害！"

两个人哈哈笑起来……

干海潮回到他在海边经营的海鲜大排档，看到食客已经来了不少，就不去想那件事，专心做起生意来。他善于观察，能根据不同食客的口音等等情况，判断出哪些食客是本地人哪些是外地人、哪些有钱大方哪些没钱抠门、哪些死要面子好骗哪些只讲实际不好对付，他据此漫天要价，几乎是屡试不爽。

这天，他的大排档来了一男一女两个人，且都是外地口音。看他们亲昵的样子，不像夫妻，倒像情人。于是，本来500多块钱的饭菜，他开口就要1000多块，还说零头不要了，给1000块钱就行了。

那个男的说："老板，这怎么能值1000多块钱呢？你这不是漫天要价吗？"

干海潮说："老板，我在这做了十多年海鲜生意，从来都是童叟无欺。我怎么会漫天要价呢？你不要乱说呀！"

那个男的说："我乱说？你以为我佟大通是外地口音就是外地人？我在这个城市生活十年了，是有户口的……"

干海潮火了，说："少跟我来这一套，付钱吧。没钱，就不要来这里吃海鲜！"

佟大通还要争辩，一看身边的女人，有些不好意思了，说："好好，不和你争了，你给我开一张发票。"

"开什么发票？"

"当然是可以报销的发票！"

"开发票可以，还要再加百分之二十的开发票费，我们是要交税的！"

无奈，佟大通又掏了二百块钱给他。

佟大通把女人送到飞机场后，来到了自己的化妆品店，问几个营业员今天的销售情况如何。她们回答说不错，佟大通感到满意。

这时，韦露露走了进来，二话没说就买了一套名牌化妆品。佟大通就故意对营业员说："今天促销，给她多打一折，打八折吧。"女营业员："好的，佟总。"韦露露笑了笑，说："谢谢啦——"佟大通说："不客气，欢迎

下次再来。"

韦露露走后，佟大通心里得意地想：在海鲜大排档被人敲了竹杠，这一套化妆品我就给赚回来了！这套化妆品披着某知名品牌的外衣，其实是假货。

……

第二天一早，韦露露就发现了这套化妆品是假货，来到化妆品店要求退货。但是营业员以她没有证据为由拒绝退货。韦露露就打的去消费者协会，要投诉这个无良商家！

到了消费者协会投诉部，韦露露没想到佟大通正在这里和一个肥头大耳的人吵架。她定睛一看，那个肥头大耳的人正是昨天上午买了她玉佩的干海潮。

原来，佟大通是拿着发票来投诉干海潮宰客的，而干海潮是来投诉韦露露以次充好的……

三个人相见，互相撕扯起来；后来，三个人你抓住我我抓住你，像推火车一样，绕着一个圆圈转起来……

他们三个人吵闹得整个办公室乱糟糟的，投诉部的人好不容易才将他们拉开。拉开之后，分别将他们的投诉内容记录了下来，然后分别进行了调查谈话。他们是各说各有理。

调查完，投诉部主任让他们先回去，等候通知。他们这才都气嘟嘟地离开，走到门口还互相指责……

投诉部主任看着他们三个人，忽然觉得他们都很可怜，叹气说："唉，别人欺诈自己，是满腔怒火，无法容忍；可是自己欺诈别人，却又理直气壮，毫无愧色……这是一群什么人呀?!"

电话没有打错

魏进学老家在南方的一座城市。当年，魏进学离开时只有十四岁，如今他已经四十二岁了；当年，那是一个破旧的小城，如今已是一个美丽的中等城市。

魏进学十四岁考入省歌舞团，十八岁考进北京一家著名歌舞团，后毕业于中国音乐学院。不久，他就成为了深受全国观众喜爱的著名演员。

他在北京有了房子并有了一个温暖的小家后，多次动员退休的父母到北京和他一起住，可是，在南方住惯了的父母却不来京。因此，电话刚进入普通家庭时，每到春节他都要给父母打个电话问候一声。

十六年前，他第一次参加春节联欢晚会。于是，每次参加春晚，年三十这天下午四点节目表确定后，他都要给父母和家里的妻儿分别打一个电话，提前给父母拜年，并告诉他们自己的节目是在谁谁后面、大概几点，要他们分享他的欢乐和成绩。

这十六年中，除了两年春节上海岛搞慰问演出，年年春晚都有他的身影。

可是这年夏天，魏进学怎么都没想到，他至爱的母亲突然因病去世了。他将父亲接到了北京，可是刚住了半个月，父亲就坚持要回老家。

元旦过后，魏进学在春晚节目排练间隙，和妻儿回了趟老家，要接在老家独居的父亲到北京过年。可是，无论怎么劝，父亲都说："北京冬天天气又干燥又寒冷，我不习惯，我一个人在家也是一样过年，没事的。"坚持不来。

大年三十这天下午四点左右，春晚节目顺序确定后，他给妻儿打过电话，又给远在南方那个秀丽小城的父亲打了一个电话，给他拜年，说他的节目时间大约在几点。

父亲笑着说："好，我一定看！"

挂上电话，魏进学心里难过得说不上是什么滋味。这时，他才忽然明白，父亲不愿来北京，是想陪伴长眠在老家的母亲过春节，他害怕母亲过年孤单啊！

一年又一年，今年的元旦又到了，不久春节也到了。

魏进学再次参加春节晚会。年三十下午四点左右，他往家里给妻儿打了一个电话，告诉他们自己的节目排序。挂了电话，魏进学习惯性地往南方那个小城的老家拨电话，可是电话里却传出："对不起，您拨打的电话已停机。"他这才突然意识到，老家没有人了，去年秋天他的父亲也因病走了！

魏进学感到异常哽咽。随后，他又拨了一个电话，这个电话也是南方那个城市的，与原来老家那个号码只差了一个数字。电话通了，魏进学说："喂，您好！……"

电话里传出一大家人相聚的欢乐说笑声，接电话的男青年说："你是谁？找谁？"

魏进学说："您好，我是魏进学。春节到了，我给您及您全家拜个早年……"

对方打断了他，笑说："你是魏进学？我还是赵本山呢！……"

魏进学说："我没打错电话，我真是魏进学。我虽然不认识您，但我确是真诚地想给您全家拜年……"

可是，电话那头的男青年没搭理他。这时，一个年龄较大的母亲般的声音问谁打的电话，那个男青年回说："一个神经病。"随后就"啪"地挂断了电话。

魏进学握着手机，突然泪流满面，呜咽着哭出了声来……

固　　执

　　李永固大学毕业后，由于无钱、无关系，半年了都找不到工作。这天，他到本市郊区的旅游胜地竹林镇散心，无意中看到了该镇最大的良友竹工艺品公司正在招聘质检部主管助理的启事，遂去应聘。

　　没想到，这家公司的质检部主管是他的没有考上大学的高中好友汪正宝。李永固被顺利聘用。汪正宝高兴地说："我们公司的生意，现在非常好，不仅行销国内，而且出口到欧美。你好好干，过两年我当副总后，质检部主管就是你的了！"

　　李永固非常高兴，工作很卖力，发现的质量问题大幅增加；尤其是竹木上的刻字，经常出现错别字。他严格按制度处罚责任人，并要求修正或返工。

　　汪正宝有点不高兴了，提醒他说："咱们公司管理民主，年终会举行职工民主投票，过不了关，就被认定为不称职。你这样对待工人，能行吗？况且，我们公司的竹木工艺品刻字，全是手工，工人文化水平都不高，又是繁体字，偶有错别字是难免的，国内大多游客都不注意，老外更不懂。你别太较真了！"

　　李永固却不能苟同。汪正宝不听，他就将问题反映到了总经理那。总经理很忙，只找汪正宝简单地谈了谈，并不多过问。

　　汪正宝很生气，觉得李永固太固执，太无事生非了，也反感起他来。

　　年终，全体职工民主投票，李永固得了零票，汪正宝得了满票。李永固感到很悲凉，就主动辞职了。

　　李永固临走时，汪正宝发自肺腑地对他说："李永固，是你太固执才导致这样的结果啊！"

　　李永固一言不发，就走了。

　　一年后，良友竹工艺品公司的生意依然红火。汪正宝也再没跟李永固联系过，后来从一个同学那听说李永固依然没找到工作，他不禁叹了口气说："李永固的失败，就在于他太自以为是、太固执了！"

又五年后，已是一家物流公司老板的李永固开着私家车到一家大酒店赴宴，把车停到地下停车场出来时，突然看见在这看大门的是良友竹工艺品公司的总经理。总经理也认出了李永固。原来，李永固走后的第三年，公司的产品由于质量每况愈下，一年后就彻底破产了，总经理便到了这看大门。

"现在想来，我真是错用了汪正宝啊！"总经理后悔不已地说。

李永固说："你说的不对！用汪正宝并没有错，错就在于：你公司既有合理的规章制度又有不合理的，而合理的你不带头严格执行，还对严格执行的人不表示支持，却支持不严格执行的人！与此同时，对不合理的规章制度，你却严格遵守！你不觉得可笑吗？"